vmn

FLORIS

EGON HELMHAGENS

Fränkisches Lesebuch

Mit Illustrationen von
ANDREAS FLORIS

vmn
Verlag M. Naumann

1. Auflage 2007
ISBN 978-3-940168-02-3

Gesamtherstellung: AALEXX Druck, Großburgwedel

Zeichnungen: Andreas Floris, Heroldsberg

Bibliografische Information Der Deutschen Bibliothek
Die Deutsche Bibliothek verzeichnet diese Publikation in
der Deutschen Nationalbibliografie; detaillierte bibliografische Daten sind im
Internet über http://dnb.ddb.de abrufbar.

Inhalt

So sind die Franken!

Wurzeln

Aufgewachsen bin ich in einer Trümmerlandschaft, die man vor dem großen Krieg ›Nürnberg, die Spielzeugstadt‹ oder ›Des Reiches Schatzkästlein‹, aber leider auch ›Stadt der Reichsparteitage‹ nannte. Zwischen zerborstenen Häusern, hochragenden Mauerresten, kaputten Stegen und Brücken über die Pegnitz. Auf den Straßen fuhren Tempo-Dreirädla, Holzgaser-LKWs, Leute auf abenteuerlichen Fahrrädern – und eine Schmalspur-Dampfeisenbahn, die den Schutt aus der zerbombten Stadt hinaus beförderte. Und überall sah man amerikanische Soldaten mit ihren Jeeps herumkurven.

Wir wohnten in einem vierstöckigen Altstadt-Haus in der Spittlertormauer, in der Nähe vom Polizeipräsidium, neben den Resten der St. Elisabethkirche. Ganz oben im vierten Stock. Das Haus war als einziges stehengeblieben und ragte wie ein großer, dicker, mahnender Zeigefinger über all die umliegenden zerstörten Bauten hinaus. Und von unserer hoch gelegenen Wohnung hatten wir einen großartigen weiten Rundblick über das Rest-Nürnberg.

In der Trümmerlandschaft hatten wir ›Lagerla‹ gebaut, und beim Henkersteg in der ›Pengertz‹ gebadet. Und trotz schwer verdreckter Umwelt hat uns ›des fei nix gschadt‹.

Später dann, als sich die Stadt und die Menschen wieder langsam erholten, fuhr auch wieder die Straßenbahn durch die Innenstadt. In südlicher Richtung durch die Ludwigstraße zum Plärrer, entgegengesetzt ›in die Stadt nei‹. In den kleinen Straßen westlich von der Kirche hat es viele kleine Läden gegeben. Den Metzger Nerreter, den Bäcker Fein, das Gemüsegeschäft von der Frau Feulner und den Milchladen von der Frau Kohl. Dazwischen waren ein Friseur und ein Fahrradhändler. An der Rückseite der Kirche die Schlotfegergasse, dann die Stadtmauer mit dem Stadtgraben. Zwischen Mauer und Graben, vom Fürther Tor bis zum Mohrentor, die ›Anlage‹, wo im Frühling Lindenbäume und Fliederbüsche verschwenderisch geblüht haben.

Natürlich haben wir Altstädter auch mal ›Ausflüge‹ über den Stadtgraben in die Rosenau gemacht, wo der Holzmüllerbau stand, das Zirkus-Winterquartier, in dem auch Operetten gespielt wurden und die Catcher auftraten. Inmitten der Parkanlage Rosenau steht noch der Minnesängerbrunnen, der beim Bardentreffen sträflich vernachlässigt wird. Wir haben uns auch jedes Jahr am Faschingsdienstag mit denen aus Gostenhof ein ›Gstechla‹ geliefert und uns, auch jedes Jahr, mit blutigen Nasen und blauen Augen, aber siegreich hinter unsere Stadtmauer zurückgezogen.

Im Stadtgraben zwischen Fürther Tor und Mohrentor wuchsen viele Äpfel- und Birnbäume, dazwischen auch ein paar mit Zwetschgen, und dieser Teil des Grabens war mit Drahtzäunen an beiden Enden abgesperrt. Aber für echte Nürnberger ›Päiterlasboum‹, denen es nach Äpfeln und Birnen glust hat, waren Zäune kein ernsthaftes Hindernis. Eines der größten Trümmergrundstücke in der Schlotfegergasse war der ehemalige ›Palmenhof‹, und da wir in den Trümmern natürlich auch auf Entdeckungsreise gingen, fanden wir eines Tages im besagten ›Palmen-

hof‹ einen Gang, der direkt in den Stadtgraben führte. Damit hatten wir einen bequemen Weg zum Obststibitzen gefunden.

Dieses Altstadtviertel birgt viele kostbare Erinnerungen an die Kinder- und Jugendzeit – Erinnerungen, die plötzlich aus dem Nebel der Vergangenheit auftauchen, chronologisch durcheinander, aber oft erstaunlich klar und deutlich. Ich sehe mich zum Beispiel als Erstkommunikant mit kurzer Hose und selbstgestrickten kratzigen Strümpfen. Oder später als Ministrant, als ich mal in den Weihwasserkessel Tinte gekippt und diesen dann mit einem frommen Gesichtsausdruck und niedergeschlagenen Augen dem Herrn Pfarrer hingehalten habe. Der hat dann den Weihwasserpinsel kräftig eingetaucht und die Gläubigen bespritzt. Dafür hat er mich hinterher an den Ohren gepackt und gesagt: »Die werden jetzt so lange gezogen, bis man sie hinten zusammenbinden kann!«

Sankt Elisabeth, das ist auch die Rückbesinnung an sparsame Zeiten, aber auch an viele Freunde und Kameraden, die man leider im Laufe des Lebens aus den Augen verloren hat.

Höflich und maulfaul

Angeborener Charme ist ein hervorstechender Charakterzug von uns Franken. Ja, wir Franken haben sogar unsere ganz eigene Grammatik. Bei uns besteht jeder Satz aus Hauptwort, Zeitwort und Kompliment. »Hoffentlich geht Ihnen alles im Lebn su gout aus wie Ihre Hoar!«

Wir Franken sind nicht zopfig oder etwa altfränkisch, wir wissen im Gegenteil ganz genau, wäi ma sich benehma mouss! Allerdings, allzuviel Höflichkeit muss auch nicht immer und unbedingt sein. In der Wirtschaft zum Beispiel. Wenn wir da ausgetrunken und noch Durst haben, sagen wir nicht: »Herr Ober, bringen Sie mir bitte noch ein Bier!« Da genügt ein Einfaches »Nu aans!« Ganz maulfaule Franken legen einfach ihr leeres Seidla waagrecht auf den Tisch.

Aber sonst wissen wir uns in allen Situationen aufzuführen. Beispielsweise bei einem festlichen Essen. Da tunken wir niemals unseren

Koung in den Kaffee hinein und zulln den dann aus – außer, des Stückla wär' steinhart. Wir schnäuzen uns auch nicht ins Tischtuch – es sei denn, wir haben statt einer Krawattn bloß a Mäschla rumbundn. Und falls uns etwas an der rechten Wade juckt, kratzen wir uns da auch nicht mit der Hand – wenn wir eine Gabel griffbereit neben dem Teller liegen haben.

Genauso wichtig ist natürlich auch, dass man seine Tischdame freundlich und fesselnd unterhält. Da redet man nicht von den eingewachsenen Zehennägeln, »däi wou su umverschämt wäih tenna«, sondern erzählt von »dene Tricks, däi ma beim Ausfülln von der letztn Steierklärung ogwendt« hat.

Man versucht möglichst viele witzige und sympathische Redewendungen in die Gespräche einfließen zu lassen, die vor allem Herzensbildung verraten. Eine Redensart, die zum Beispiel genauso bei einem Auffahrunfall mit Bagatellblechschaden wie auch bei einer Beerdigung passt, lautet: »Des hat halt su kumma müssn.« Und es zeugt von besonderer Anteilnahme, wenn man hinzufügt »Für irgendwos wird's scho gout sei!«

Diese fränkische Ritterlichkeit gilt natürlich auch bei kleinen Einladungen. Auch hier ist man überaus höflich, wenn die Gastgeberin Salzletten und ein Glas Mineralwasser auf den Tisch stellt und uns auffordert: »So, und etz wird zuglangt!« Dann danken wir: »Allmächt, hobn Sie sich eine Ärbert gmacht!«

Da, wo den anderen nur das einzige Wort »Verzeihung!« einfällt, haben wir eine ganze Schachtel voll anzubieten. Das beginnt mit »Hoppla!«, wenn man beispielsweise jemanden auf die Hühneraugen latscht und der in einen Weinkrampf ausbricht. Wenn man besonders höflich sein will, sagt man gar »Hoppala!« Es ist auf jeden Fall verbindlicher, als wenn man bloß »Öha!« sagt. Eine Steigerung des Mitleidens drückt sich in den Worten »Des tout mir etz fei richtig leid!« aus. Winselt darauf der Getretene »Dou hob ich aa nix dervo!«, dann zieht man sich höflich zurück und sagt: »No ja, Sie hobn ober aa a poar elend grouße Kanalschiffla als Fäiß!«

Wenn jemandem, der vor uns läuft, ein Ziegel auf den Kopf fällt, sagen wir: »Ach Gottla, naa!« oder »Ja nochertla!«, und die Anteilnahme gipfelt in dem wirklich bedauernswerten »Des hat wäih tou, gell?« Ist die Anteilnahme etwas geringer, sagt man: »Su wäih konn's doch etz aa net tou hobn!«

Ein ganz großes fränkisches Beispiel an Mitgefühl und Erbarmen habe ich mal erlebt, wie jemand mit viel Kraft schwungvoll durch eine Hoteldrehtür gesteuert ist. Auf der anderen Seite hat er der Drehtür dann nochmal voll Schwung gegeben, ohne zu merken, dass sich bereits ein anderer in der Drehtür befunden hat. Den hat es dann »wäi an Kreisl rumdreht, rausghaut, hieghaut, und dann is er af die Fliesn entlangghetschlt, bis er mitn Kupf an der Rezeptionsthekn bremst hat«. Wie er dann ganz bedeppert und anklagend zum Portier aufgeschaut hat, hat der sich zu ihm hinuntergebeugt und freundlich lächelnd gesagt: »Ihnen pressiert's aber fei gscheit!«

Gute Ausreden sind ihr Geld wert

Trotz aller Philanthropie des Franken tut es manchmal Not, eine Ausrede parat zu haben. Weil man ja niemanden verkrüppln will, ne. Das geht schon los beim Thema Essen und Trinken. Spricht ihn jemand bei einer Feierei am kalten Büfett an und sagt zu ihm: »Host gwieß aa a weng a Hüngerla?« – Schnauft er, in der linken Hand ein halbes Hähnchen, in der rechten Hand eine halbe Kalbshaxe, unter dem rechten Arm einen halben Laib Brot geklemmt, unter dem linken Arm einen halben Schinken: »Ich halt mich doch eisern zrück! Ich mach doch zur Zeit FdH!«

Es kann aber auch sein, dass ihm das Angebotene nicht schmeckt, beispielsweise beim Müslikauer-Kongress, wo's bloß Körnla, Gerstla, Schnipserla und Cerealien gibt. Dann bedauert er zutiefst: »Also naa, des schaut ja alles recht freindlich aus, aber davon hat mir mei persönlicher Wäitwotscher dringend abgeratn! Und außerdem wüssert ich ja goar net, wo ich des alles nu hieessn sollert!«

Äußerst interessant und lehrreich sind auch die Ausreden der Handwerker. Das geht vom einfachen »Aber heit fei nimmer!« bis zum tröstenden »Etz schaua S' halt amol, wäi S' selber zrecht kumma!« Wenn da mal ein echter Notfall eintritt, braucht es Glück. »Könna Sie net bittschön glei kumma? Mei Klo is verstopft, und die Bräih läfft scho raus!?« Meinem Nachbarn ist das passiert, und, o Wunder, der Klempner ist unmittelbar am zweiten Tag gekommen, wie das Klo wieder funktioniert hat. »No ja, nou woar's doch goar net suuu schlimm!« – »Ja und wenn des wieder passiert?« – Da hat der brave Handwerksmeister die Kloschüssel abgeschraubt und gesagt: »Dafür nimm ich däi etz mit, mach an Dauertest und bring s' Ihnen in zwaa Wochn wieder!«

Was macht man, wenn man in einem klassischen Konzert, in das man aus purem Zufall hineingeraten ist, um eine Stellungnahme gebeten wird? »Also des is ja total interessant, und etz konn ich endlich aa amol mitredn!« Und hofft inständig, dass man nicht mitreden muss. Ähnlich ist es bei einer Vernissage, wo man sich am besten vor ein Kunstwerk hinstellt, mit dem Finger in der Nase bohrt und bedeutungsschwer sagt: »Des wirkt! Echt!«

Man ist kein großer Tänzer, kommt aber manchmal nicht umhin, auch mit einer anderen als der eigenen Gattin das Tanzbein zu schwingen. Die eigene Angetraute kennt den Stil ihres Ehemannes; der geht wie beim Stricken: zwei links, zwei rechts, und deshalb weicht sie rechtzeitig bei der Linksdrehung aus. Aber die fremde Dame nicht, und die möchte man nicht verletzen. Also sagt man: »Tout ma echt leid, ich muss beim Tanzn passn. Ich hob ma beim letztn Abfahrtslauf vom Marienberch in Meniskus verrissn!«

Oder man überwindet sich und tanzt trotzdem, und damit ma däi Woar glei wieder rum hat, hatscht ma dera andern Frau glei su gscheit afn Fouß naaf, dass aafschreit und humplt. Dann entschuldigt man sich ungemein und zeigt tief empfundenes Mitleid: »Also naa, ich bin doch ein ungeschickter Seftl! Bittschön, entschuldigen S' tausndmol. Ich führ Sie wieder an Ihrn Platz zrück, oder solln ma gleich zu die Sanitäter naus?«

Wenn das Wörtchen ›wos‹ net wär

Ein Schlüsselwort in der fränkischen Sprache ist das Wort ›wos‹. Es ist ein echtes Füllwort und wird für unzählige Begriffe angewandt, ähnlich wie die ›Woar‹ und das ›Ding‹. Darum will ich Eich etz wos sogn.

Man fragt bei uns nicht ›wofür?‹, sondern ›für wos?‹, nicht ›womit?‹, sondern ›mit wos?‹, nicht ›wozu?‹, sondern ›zu wos?‹.

»Für wos hilft des?« – »Fürn Houstn.« (nicht gegen!)

»*Mit wos* hat der des gmacht?« – »Mit Fleiß.« (wobei ›Fleiß‹ für ›Absicht‹ steht)

»Zu wos soll des gout sei?« – »Zu wos waß ich!«

»Alle Toch wos Neis. Gestern hob ich den Oberburchermaster persönlich gsehng, und heit hob ich mei Taschnmesserla verlurn!«

Man sagt zum Beispiel, wenn man etwas bereut: »Dou hob ich da wos ogstellt!« Wenn man Anteilnahme bekundet: »Host du wos?« Oder etwas abstreitet: »Wos du scho wieder host!« Es wird als Vorwurf »Du bist vielleicht wos Blöids!«, als Personenbeschreibung »Der is wos Ogschmochs!« oder »Däi is aber wos Oardlichs!« benutzt, aber auch als Ablehnung: »Waßt du, wos du mich etz konnst?!« Es kann der Beginn einer Kärwarauferei sein: »Passt dir wos net?« Oder einer Anmache: »Fräilein, Sie hobn dou wos im Aug!« – »Wos?« – »So wos Liebes!«

Wenn ein hoffnungsvoller Jüngling auf Brautschau geht, dann soucht er wos, weil ihm wos fehlt. Zuerst weiß er nicht wos, aber er waß, dass dou wos sei mouss. Wenn er's nou kräicht hot, waß er wos, und des is wos, wos immer wieder alt und doch jedesmal neu is. Und er fühlt si ganz groß, und des is fei wos! Hat er die Richtige aufgegabelt, dann hat er wos, nämlich Glück gehabt. »Wos maanst denn du, wos dou heitzutoch alles rumläfft, eh!«

Wird wos Ernstes daraus, fragt ihn sein Vater: »Hot däi wos?« Oder ihre Mutter erkundigt sich besorgt bei ihr: »Maanst, der hot wos?« Natürlich merkt auch bald die Nachbar- und Verwandtschaft wos und hat dann aa wos dervo, wos zum Patschn. »Däi hobn fei wos mitananander! Ich hob mir doch glei su wos denkt!«

Wenn sie ihn dann doch nicht kräicht und trotzdem wos kräicht, nämlich wos Klaans, no, des gibt wos! »Ich hob's ihr aber glei gsagt: ›Wos willstn mit dem?!‹« Fährt sie ihr Bobberla im Wägerla spaziern, und des greint, dann hot des wos. Oder es greint, weil's wos mächert, nämlich wos Gouts in die Goschn. Greint's trotzdem immer weiter, nou fehlt ihm werkli wos. Oder es hat wos gmacht, in die Windln.

Später kommt der klaane Bou dann in die Schule, dass er wos lernt, und schön ist es, wenn er wos waß, wenn ihn sei Lehrer wos froucht. Weiß er nichts, dann setzt's wos. Dann kummt er in die Lehre, dou lernt er wos, damit er wos konn, wos wird, wos is und wos verdient. Und aa wos spoart für sei Alte, für sei Alter. Er lernt einen Haufn Leit kenna, däi wissn wos, nämlich an Dreeck, aber sie tenna, wäi wenn s' wos wissertn.

Alles fränkisch, oder wos?

Gerch, mach ka Gwerch

Ein Gerch ist ein fränkischer Georg, und ein Gwerch ist ein fränkischer Universalbegriff. Ein Gwerch findet man in keinem Wörterbuch, kommt trotzdem vom hochdeutschen Gewürge, ist ein fürchterliches Durcheinander, sind eine oder mehrere Unannehmlichkeiten, drückt das Blut hoch, macht Stress und dich fertig und ist etwas zum Essen. Gerch, mach ka Gwerch!

Man hat zum Beispiel immer ein Gwerch, wenn der Ablauf nicht richtig funktioniert. Der Ablauf der gewohnten Handlungen oder der in der Klospülung.

Mit Gwerch ist auch immer eine Unterbrechung der Gemütlichkeit verbunden. Wie wenn man beispielsweise mit seiner Ehefrau am Kaffeetisch sitzt, die Zeitung liest und sich noch eine Tasse Kaffee einschenkt und sie plötzlich fragt: »Soch amol, mousst du heit net ins Büro?« – Da zuckt er, wie vom Blitz getroffen, zusammen und stammelt: »Allmächt! Und ich hob gmaant, ich bin scho längst dortn!«

Dann stürzt man sich ins Gwerch, respektive ins Auto und in den Stau. Und man kommt nicht vorwärts, weil däi Bläidl dou vorna alle net Autofoahrn könna! Schaltet dann die Ampel auf Grün, rasen alle los, als ob sie sich selber überholen wollten. Und wehe, aaner hält aan auf, und es kracht! Dou mouss die Polizei her! Des werdn mir nou scho sehng! Die Deutschen fahren nämlich nicht, um ans Ziel zu kommen, die Deutschen fahren, um recht zu haben!

Ein Gwerch hat man in der Arbeit mit dem Chef, weil der schon wieder alles af aamol will, und alles sofort! Ein Gwerch ist immer mit Betriebsamkeit und Hetze verbunden, auch wenn man sich erholen möchte, zum Beispiel bei einem Konzert: »Allmächt, wäi lang brauchst denn du nu! Bis mir hiekumma, is des ja scho wieder aus!« – »Ich bin scho lang fertig, aber du hast ja net gwisst, wosd' für a Krawattn rumbindn sollst, und dann hast dir nu dein Schouhbändl abgrissn! Ich konn nix dafür!«

Auch beim Sport gibt es ein Gwerch. »Wär ich ner daham bliebn! Den Stiefl, wo däi dou zammspieln, den konn ma si ja nimmer mit oschaua!«

Ein Gwerch gibt es in der Liebe. »Wos soll ich denn etz dou? Der

Klaus hat gsagt, dass er bis über beide Ohrn in mich verliebt is! Stell dir vur: bis über beide Ohrn!« – »Ja, aber dann freu dich doch darüber!« – »So? Hast du schon mal dem seine Ohrn gesehn?«

Ein Gwerch gibt es beim Onkel Doktor. In dem Wartezimmer is immer ein mordstrumm Gwerch! Bis ma dou blouß drokummt! Und dann därf mer sich des ganze Gschmarri von die andern Leit ohörn! Mich interessiert doch net, wos denen fehlt! »So, wos hobn denn dann Sie?« – »Anmm Mhschmupfm! Ptschiee! Mei Nosn is wäi der Film ›Der Herr der Ringe‹: Der läfft etz aa scho die fünfte Wochn!«

Und ein Gwerch ist auch etwas zum Essen. Eine Nürnberger Spezialität aus Ochsenmaulsalat, harten Eiern und rotem Pressack. Dazu kommt noch eine Hausmacher-Stadtwurst, Emmentaler Käse, Essig, Öl, Salz und Pfeffer und viel Zwiebel. Däi machn nou is Gwerch! Und wenn man dieses Gwerch richtig genießen will, dann braucht ma absolut kein Gwerch, dann will man seine Rouh hobn!

Familiäres

Wir scheuchen selber

Außer den täglichen Arbeiten, die zur Finanzierung des Staates notwendig sind, gibt es noch Arbeiten, die zu den Bereichen Haushalt oder Hobby gehören. Während man Haushaltarbeiten weitestgehend dem femininen Haushaltmitglied überlässt, übernimmt man Freizeitarbeiten gerne in Eigenregie, wie beispielsweise Krautwickelessen, Frankenweintrinken, Geburtstagsständchensingen oder Stadtbummeln. Und dann gibt es noch Arbeiten, die beiden Bereichen zuzuordnen sind, die aber je nach Neigung und Geschicklichkeit aufgeteilt werden. Zum Beispiel Erbtantenbesuchen oder Gartenheckenschneiden. Letzteres ist eine Arbeit, die ich nunmehr nicht mehr zu machen brauche, weil ich mich mit Erfolg dafür zu blöd angestellt habe.

Dabei ist unsere Hecke nichts anderes als ein mit Efeu überwucherter Zaun, der uns vom Nachbarn trennt. Es ist ein kleiner Drahtzaun, über den eine einigermaßen sportliche Schnecke sogar hupfen könnte, weil wir nämlich auch bloß einen winzig kleinen Garten vor dem Haus haben. Eigentlich neben dem Haus, neben dem Nachbarhaus. Sechs Meter lang und einen Meter sechsundfünfzig breit. Ein Gartenzwerg würde sich wie ein Riese vorkommen. Aaaber das Gärtla ist gepflegt! Von meinem femininen Haushaltmitglied Traudl.

Unser Bonsaiwiesla ist immer voll mit Blumen und Sträuchla, mit Pflänzla und Gräsla, mit einer glänzend gelben Kugel auf einem Stecken, mit einer Vogeltränke und mit einem Nadelbäumlein. Das Nadelbäumlein wird um Weihnachten herum mit sechs Kerzen illuminiert und nach vier Jahren ausgetauscht, weil es dann zu groß geworden ist. Obwohl das Gärtla winzig ist, wird es von Vögeln und Katzen gefunden, umgescharrt und gedüngt. Darum setzen wir uns gern auf unsere Hausbank, um die Katzen abzuschrecken. Selbstverständlich brauchen wir auch keine Vogelscheuche, wir scheuchen selber. Leider ist es uns noch nicht gelungen, den Vögeln beizubringen, dass sie zum Trinken zu uns kommen können, aber zum Fressen woandershin fliegen sollen.

Ansonsten ist unser Vorgärtla, dank meiner Angetraudl, sehr schön anzuschauen. Und weil die Miniplantage so winzig ist, braucht sie dazu weder Rechen noch Spaten oder gar Mistgabel, sondern macht alles bequem mit dem Sandgschirrla der Enkelkinder. Es gibt bei uns auch nichts zum Ernten, sondern bloß zum Freuen.

Ich selber bin kein Strebergärtner und froh, wenn ich mit der Pflanzplantation weitestgehend nichts zu tun habe. Ich kann mir vorstellen, dass eine Raupe als Wahlkampflokomotive der ›Grünen‹ dienen könnte, gehe bereitwillig jeder Omassn gern aus dem Weg und weiß, dass der Herbst aller Aster Anfang ist, aber ansonsten verstehe ich nicht allzuviel vom Hacken und Gießen. Ich hab einmal das Umgraben probiert, und das hat mir fast körperliches Unbehagen bereitet. Wenn da die gute feuchte schwarze Erde um- und umgestochen wird und die dicken, fetten Würmer herauskrabbeln, dann steht mir die Gänshaut auf, und ich kann gut verstehen, warum der Adam seinerzeit aus dem Garten Eden ausgezogen ist.

Und am ungernsten bearbeite ich unsere Efeuzaunhecke. Ich habe schon versucht, meiner Ehegesponserin klarzumachen, dass man eigentlich überhaupt keine Hecke braucht, weil ein berühmter Dichter gesagt haben soll: »Die Blumen machen den Garten, nicht der Zaun!«

Aber mei Angetraudl lässt sich hier leider auf fast keine Diskussionen ein. »Däi Heckn wird gschnittn! Du lässt dir ja aa immer wieder die Hoar schneidn!«

»Warum mäissn eigentlich wir däi Heckn schneidn? Des könnt doch die Nachbari genausu machn!«

»Des is unser Ärbert, weil des Efeu von unserer Seitn aus des Wachsn ogfangt hat. Und etz red net, schneid!«

Also, raus mit der Heckenschere und losgefetzt. Das hat ihr aber auch nicht gepasst.

»Allmächt, Mo! Du hackst ja dou drauflous wäi närrsch! Des mouss ma doch a weng mit Gefühl machn. Des lebt doch alles! Des tout doch denen Pflanzn wäih!«

Ich habe den Kopf geschüttelt. »Grod hast gsagt, des is wäi Hoarschneidn. Meine Hoar lebn aa, aber beim Hoarschneidn spür ich nix!«

Da hat sie mir die Heckenschere abgenommen und gesagt: »Gib her! Ich mach's selber. Du stellst dich doch zu bläid. Hock dich läiber af die Hausbänk und schenk dir a Bier ei!«

Na also, warum net gleich?!

Net scho wieder!

Krach! Bumm! hat's gmacht, die Welt is futsch!
Des war der Supergau!
Und gar nix is mehr übrig bliebn –
bloß a Aff mit seiner Frau.

Er sagt, dass er an Hunger hat.
Sie zupft an Apfl ro.
Er schreit: »Bist du total verrückt?!
Fang bloß net wieder o!«

Meistens noch voll da

Sie kommt schleichend wie der Novembernebel und keineswegs plötzlich wie ein krachertes Blitzgewitter – nämlich die Erkenntnis, dass man einen langsameren Gang einlegen soll. Irgendwann wird man nicht mehr von vorurteilsloser Heiterkeit und hemmungsloser Jugendkraft durchpulst, sondern legt mit der Zeit immer mehr und mehr Fehler ab, einfach, weil man sie nicht mehr braucht. Man hört mehr auf seine Angetraudl, wenn die warnt: »Du konnst nimmer wäi a Cowboy in den Fahrradsattl hupfn. Steig langsam auf und, vor allem, ab! Und lass dir Zeit!«

Die könnte man sich rentnermäßig mehr lassen – oder einfach a weng vertrödeln und beispielsweise in der Früh eine Stunde später aufstehen. Aber soll man eine ganze Stunde lang sinnlos im Bett herumliegen, wenn einem wie immer um sechs Uhr die Augen auffallen? Man bekommt doch Ruhegehalt, und da darf eine Stunde auch mal achtzig Minuten dauern. Man ist immer noch voll online, aber wenn man in den Rasierspiegel schaut, wundert man sich schon ein wenig über den vielfältigen Charakterkopf mit dem langsam nachdenklichen Blick und den wuchernden Borsten aus Nase und Ohren. Und dann macht man aus dem Doppelkinn einen möglichst langen Hals und fährt mit der Klinge über den Adamsapfel. »Ha, an Charakterkupf! Den hob ich blouß, weil ich den a Lebn lang für die andern hieghaltn hob!«

Nein, man gehört noch nicht ganz zum Strickjackengeschwader, obwohl man auf einmal mit vielen davon zusammenkommt. »Wart ner, des gäiht schneller, als wäi du denkst! Nou konnst dich ganzagoar zu uns dou herhockn! Vuriges Joahr hob ich aufghört mit meiner Ärbert, hob immer gmaant, ohne mich gäiht's net, und etz hobn s' mei alte Stell überhaupt nimmer besetzt! Und af mein reserviertn Firmenparkplatz stäiht etzert a Blumakübl!« – »Die Hauptsach is, du kräigst jedn Monat dei Rentn und host dei Auskummerts, und des hob ich. Und sunst is aa alles g'richt. Ich wenn heit sterb, konn ich morgn is Geld abhuln!«

Nein, ich bin noch nicht Mitglied im Hausschlappenclub, aber ich bin Großvater. Großvater wohlgemerkt, nicht Uhrgroßvater, denn ich ticke noch einigermaßen richtig. Aber Opa bin ich mit Leidenschaft. Als Opa weiß man zum Beispiel ganz genau, was die Gameboys kosten, dass der Yu-Gi-Oh einen ziemlich beschränkten Wortschatz hat, und dass der Sponge Bob ein tumber Schwammkopf ist. Jetzt kann ich natürlich aus dem reichen Schatz meiner Kindererziehung schöpfen.

Wir haben immer gewusst, dass Kinder ein großer Trost im Alter sind, aber dann gemerkt, dass sie auch ein Mittel sind, um es schneller zu erreichen. Kindererziehung war für uns immer viel Geduld, ein bisschen Geschick, noch mehr Glück und viel, viel Liebe. Heute ist es eine Wissenschaft. Aber auf eines ist man besonders stolz: Man hat seine Kinder nie geschlagen, außer in Notwehr.

Und jetzt genießt man die Enkala und freut sich, dass sie so wissbegierig sind. »Opa, was machst du da? Opa, warum machst du das, was du da machst? Opa, gefällt dir das, was du da machst? Opa, was ist ein Glump, ein verreckts?« Und man freut sich immer, dass sie bald wiederkommen, wenn sie da waren.

Es gibt für den Opa nichts Schöneres, als wenn er sich wohlig ausgestreckt im Liegestuhl räkelt, die Arme über dem Bäuchla gefaltet, und einen geistigen Spaziergang macht. Und ihm plötzlich eine kleine helle Stimme direkt ins Ohr kräht: »Opa, schläfst du jetzt?«

Ach Gottla, manchmal hat man auch schon mal ein kleines Wehwehchen, wer hat des net, ne? A weng a Zwickla und a Zwackla, aber man ist schon sehr froh, wenn sich dann der Tinnitus im linken Ohr bloß als lästige Schnoukn entpuppt. Man schaut aus klaren Augen in die Welt, wenn man die Brille frisch geputzt hat, und reagiert leicht unwirsch, weil die Treusorgende immer so ängstlich und besorgt ist: »Is dir net gout? Du hast su an routn Kupf, und is Wasser stäiht dir af der Stirn! Is dei Blutdruck zu houch? Solln mir vielleicht läiber hamgäih?« Der Opa wehrt ab. »Ach, Quatsch! Däi hobn bloß wieder ihr Fußbodnheizung su arch aufdreht!«

Freilich sind Krankheiten manchmal bei manchen Leuten bei manchen Einladungen ein Lieblingsthema, und man tut gut daran, dies tunlichst zu meiden. »Soch fei zu der Tanta Betty nix von ihrer kaputtn Hüftn, sunst is der Abnd gloffn!«

Wenn ein Großvater sich mit der rechten Hand plötzlich ans Herz greift, muss das gar nichts Ernstes bedeuten, es zeugt höchstens von seinem Ordnungssinn. Er will kontrollieren, ob Pässe, Tickets und Brieftasche in der richtigen Tasche stecken. Er fliegt nämlich mit der Oma nach Mamaia in Urlaub. Jawoll, mir gönnen sich wos! »Aber in dem Flieger hat mei Haftcreme scho beweisn müssn, dass sie ihr Geld wert is, wie ich die Gummibärlastütn mit die Zähn aufgrissn hab! Ganz gebissnhaft. Auf jeden Fall is bei mir, wenn ich in Urlaub foahr, der Medikamentnkuffer noch net schwerer als wäi der für die Klamottn!«

Ansonsten gefällt es mir so, und meiner Angetraudl auch. Die ist umtriebig wie nie zuvor, entwickelt den Enkala gegenüber nicht bloß einen Geduldsfaden, sondern einen Geduldsstrick und sorgt dafür, dass uns möglichst nichts in unserer Ruhe stört. Und das klappt, denn außer meiner Bandscheibe ist bei uns in letzter Zeit nichts vorgefallen.

Es zwickt und zwackt

Wenn's an amol derwischt, dann derwischt's an gscheit, und wenn's zwaa derwischt, nou is wos lous. Zuerst hat es mich derwischt.

»Du bleibst etz im Bett liegn, und ich ruf den Doktor o!«

Mei Angetraudl hat mir das Zudeck bis zum Kinn hochgezogen, hat den Doktor angerufen und mich wieder aufgerichtet.

»Schäi schaust aus! Triefaugn und a Faschingsnosn. Aber schuld bist selber! Warum hast dich net impfn lassn, wie ich's gsagt hab?! ›Des brauch ich net‹, hast gsagt, aber du hast ja bloß Schiss! Etzert hast des! Wo derzeit die Bazilln und die Viren überall haufenweis rumschwirrn! Im Bus, in der Bahn, in die Kaufhäuser, im Kino, im ...«

»... im Theater«, hab ich ergänzt, »gestern im ›Tassilo‹. Wäi ich af der Bühne gstandn bin, hat druntn a Frau ganz laut ghoust und gniest, und däi hat mich ogsteckt! Ganz gwieß!«

Ich hab mich hin und her gewälzt und gestöhnt. »Ach, mir tout alles su wäih! Die Gelenke, jeder Knochn und besonders die Baana!«

Dann hat es an der Türe geläutet, aber ich hab noch ganz deutlich gehört, wie sie im Hinausgehen »Mannsbild, zimperlichs!« gemurmelt hat. Sofort hat das mein Selbstbewusstsein nach unten gedrückt.

Der Onkel Doktor ist gekommen und an mein Krankenlager getreten. »Hat er Fieber? So, so, bloß 41 Grad, des geht's ja noch! Des is bloß ein grippaler Infekt. Da schreib ich Ihnen etz amal was auf, und wenn des nix hilft, dann schreib ich was Besseres auf, des hilft dann garantiert!«

Ich hab gesagt: »Herr Doktor, könnten Sie mir net gleich des andere aufschreibn?«

Aber er hat bloß gelacht – »Er macht ja scho wieder Witzla, dann kann's ja net so schlimm sei!« – und ist wieder gegangen.

Ich hab unter Schmerzen geschluckt. »Traudl konnst net beim Klaus orufn und sogn, dass ich heit abnd net af die Versammlung kumma ko?«

Sie hat angerufen und ins Zimmer hereingeschrien: »Der Klaus liegt aa im Bett, den hat's aa derwischt!«

Und dann hat sie mit dem Klaus seiner Frau geredet und gelacht. »Gell? Ihrer is aa su wehleidig! Da sind s' alle gleich, unsere Heldn.

Wenn ihnen wirklich amal was fehlt, fehlt ihnen nix, aber wenn ihnen a weng a Schieß im Bauch rumgeht, dann sind s' sterbenskrank! Bloß uns darf nix fehln, wir solln immer da sei! Aber ich kurier ihn scho!« Der letzte Satz hat absolut bedrohlich geklungen.

Anschließend hat sie mich im Erkältungsbad geschwemmt, mir Waden- und Brustwickel gemacht, mich mit übriggebliebenem weihnachtlichen Gänsfett eingeschmiert, aus dem Doktorsbuch ›Der Arzt im Haus‹ ein Auf- und Abgussrezept zusammengebraut und das Licht ausgemacht. »So, und etz gibst an Rouh!«

Am nächsten Früh bin ich wie ein Schachtelteufel aus dem Bett ghupft und hab gesagt: »Frau, mir gäiht's wieder gout! Hopp, stäih auf!«

Aber meine Ehegesponserin hat bloß gequält geseufzt. »Hach, mir tut der Kopf so schrecklich weh, ich kann gar net aus den Augen schaun, mich friert's, alle Glieder sin so schwer. Du hast mich ogsteckt!«

Ich hab ihr die Schweißperlen von der Stirn getupft und sie getröstet. »Allmächtigs Lebn! Des wollt ich fei werkli net. Aber etz mach ich die Ärbert, und du bleibst liegn!«

Sie hat abgewinkt. »Ich hob doch su viel zum tou! Wenn bloß der Mo krank ist, der bleibt im Bett drin, bis er wieder gesund ist, der wird net braucht, aber die Frau wenn krank is, nou ...«

»Nou bleibt's aa liegn! Keine Widerrede! Ich kauf ei. Wos soll ich huln?«

Meine Angetraudl hat es mir aufgetragen. »Zwei Schnitzel, 200 Gramm Leberwurst, ein Brot, ein Pfund Kartoffeln, zwei Flaschen Milch, acht Eier, ein Pfund Kaffee.«

Ich bin losgezogen. Erste Station: Metzger.

»Bitte, zwei Schnitzel!«

Die Verkäuferin hat mich angeschaut: »Schweine- oder Kalbsschnitzel?«

»Äh, hm, des waß ich etz net.«

»Was essen Sie denn sonst?«

»No ja, Schnitzl halt, mit Kartofflsalat. Des schmeck ich dou net, däi sin doch paniert!«

»Das ist aber auch ein Preisunterschied!«

»Hm, ja, etz hob ich saudummerweis mei Händy vergessn! Därf ich amol daham orufn?«

Ich habe daheim angerufen, und eine ganz schwache hinfällige Stimme hat am Telefon gefragt: »Ja, bitte?«

»Ich bin's! Soll ich Schweine- oder Kalbsschnitzl mitbringa?«

»Kalbsschnitzl natürlich!«

Ich hab aufgelegt und hab mich wieder am Ende der Schlange angestellt. »Na, wissen Sie's jetzt?«

»Ja, Kalbsschnitzl. Und zwaahundert Gramm Leberworscht, bittschön!«

»Kalbsleberwurst oder Landleberwurst?«

»Därf ich bitte numol daham orufn?«

»Natürlich, und möchten Sie sonst noch etwas haben?«

»Nein, von Ihna nicht!«

»Hallo, ich bin's numol! Soll ich a Kalbsleberworscht oder a Landleberworscht mitbringa?«

Eine erbarmenswert schwache Stimme antwortet »Wosd' läiber

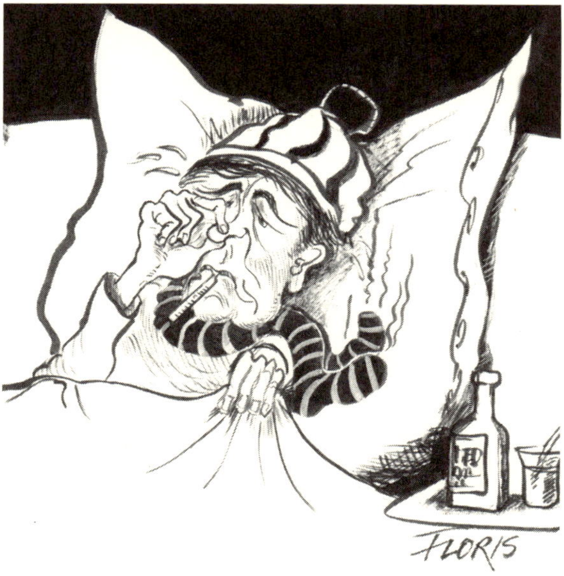

mogst!«

Ich habe mich zum zweiten Mal hinten angestellt und dann verlangt: »Gebn S' mir bittschön eine Landleberworscht!«

»Ihre Frau kauft aber immer Kalbsleberwurst ...«

»Heit kaaf aber ich!«

Nächster Laden: Bäcker.

»Ein Brot, bitte!«

»Weißbrot, Bauernbrot, Roggenbrot oder Mischbrot?«

»Därf ich bitte bei Ihnen amol daham orufn? – Hallo, ich bin's scho wieder. Wos für a Brot?«

Eine erstaunlich gefestigtere Stimme sagt: »Ein halbes Bauernbrot, zwei Pfund Frühkartoffeln, zwei Flaschen fettarme Milch und ein Pfund Schonkaffee! Kannst dir des etz merkn!?«

Ich schlucke und stelle mich an der Bäckerladenschlange an.

Und alle weiteren Einkäufe, auch die im Lebensmittelladen, gelingen mir optimal! Bis ich acht Eier verlange.

»Die Eier sind immer zehnstückweise in einer Schachtel abgepackt. Möchten Sie nicht gleich zwei mehr nehmen?«

»Därf ich bittschön amol daham orufn?«

Hilflos

Traurig schleicht der Adam rum:
»Läiber Gott, dou host wos dou!
Ich hab gmeint, ich bin im Himml,
aus is etz mit meiner Rouh!

Aber etz is scho, wäi's is,
'glaubt hätt so wos ich ja nie.
Ich bin hoffnungslos verlorn,
mit ihr, doch aa ohne sie!«

Patschn is schäi!

Trotz aller Hetze im täglichen Einkaufsstress, steigendem Termindruck, für a weng a Gepatsch hat der Franke immer noch a bissala Zeit. Denn a weng Waafn und ein kurzes Geplauder muss einfach zwischndurch amol sei! Des ghört einfach dazu! Und es hat auch schon immer dazugehört.

Zum Beispiel in einem Laden. Da hat die Frau Huber gerade Gaggerla gekauft und trifft die Frau Gruber. »Ja wer is denn dou dou?!« Und dann waafn die zwei a weng. A weng zu lang, denn bis die Frau Huber heimkommt, hat sie Zieberla (Küken) in der Taschn!

Das Patschn ist erwiesenermaßen sogar gesund und gut für die Durchblutung der Kinnbackenmuskeln. Dadurch wird mehr Sauerstoff gebraucht und ins Gehirn gefördert. Man bleibt, sehr zum Leidwesen der ungeduldig wartenden Erben, geistig frisch und gesund, erreicht ein hohes Alter und gewinnt in diesem noch Schachmeisterschaften.

Bevor man sich aber dem gesundheitsfördernden Patschn hingeben kann, muss man erst damit anfangen, und das ist nicht immer so einfach. Für manchen. Für andere ist es ein Klacks, die reden einfach drauflos. Hier ein Tip für verklemmte Gesprächsanfänger. Der Satz »Gell, du bistas?!« hilft immer. Selbst wenn es der andere, wie sich herausstellt, nicht ist. Beim nächsten Mal ist er es!

Ist ein Gespräch erst einmal im Gang, muss man versuchen, es auch in Gang zu halten und ein Thema auszuloten, auf das der andere anspringt. »Wos songsn dann zum Club, hä? Vierzehnmal hintereinander hat der etz scho gwunna!« – »Ich interessier mich net für Fußball, ich tu bloß a weng am Kanal entlangjoggn.«

Auch Krankheiten sind dem Gesprächspartner, der noch keiner ist, ein Greuel, und erst wie man »Die Woar wird immer teuerer!« sagt, belfert der andere vehement los: »Die spinna doch alle mit dera Kaufwut, die do entfacht wird! Und wos die Kinder erst alles hobn wolln und hobn müssn. Und warum? Ich sog's Ihnen: Weil's die anderen aa hobn. Des is des ganze Geheimnis! Wenn's die erstn net kaufertn, kaufertn's die anderen aa net! Früher hot a weng a Pupperla und a Baukastn glangt!« Das Thema Geld ist unerschöpflich und reicht von den hohen Benzinpreisen bis zu den »unverschämt teueren Friedhofslichtla«.

Sollte das Gespräch zu versickern drohen, braucht man bloß zu fragen: »Wos machtn eigentlich der Dings?« Mit Sicherheit kennt nämlich der andere einen Dings. Wenn er trotzdem »Wer?« fragt, braucht man nur noch zu wiederholen »No, der Dings, der …« Prompt kommt die Antwort: »Ach, der Dings, ja, der hat vorign Monat sei dritte Frau beerdigt.«

Hier sollte man sich schnell verabschieden. »Also, bis irgendwann wieder, gell?« Und einen neuen Gesprächspartner suchen, was in einer Kleinstadt wie Nürnberg kein Problem ist. Obwohl das Verabschieden oft genauso schwer ist, wie das Gespräch anzufangen. »So, etz muss ich aber geh!« – »Bloss wegn dem aaner Wort!« Ein Gespräch zu beenden ist eine hohe Kunst. Man geht bei jedem Sätzla immer ein Schrittla rückwärts, und der andere rückt erbarmungslos mit noch einem Sätzla nach. »Geh, musst du denn scho geh?« – »Ja, etz muss ich werkli geh.« – »Geh zu, bleib halt nu a weng do!«

Weibliche Mitmenschen sollen sich bei Gesprächsanknüpfungen leichter als die manchmol a bisserla traamhappertn Mannsbilder tun. Wenn der Gemahlerich von der Stadt heimkommt und sich nach einem kurzen »Hallo, ich bins!« wortlos hinhockt und den Fernseher einschaltet, fragt sie: »Woar wos?« – Sagt er: »Nix Bsonders. In Klaus hob ich troffn!« – »Und?« – »Sie sin zufriedn.« – »Über wos hobtan dann gredt?« – »Über wos ma halt so redt!«

Es stimmt wirklich. Während Männer sich auf das Wesentliche beschränken, werden Frauen meist ausfallender – besser gesagt: umfassender. Bei Männern kann der Satz »Ma glaubt nicht, wie die Zeit vergeht!« den Anfang einer echten Freundschaft bedeuten, bei Frauen hingegen die Aufforderung »Reden S' net so viel, erzähln S' lieber a weng wos!« den Beginn eines mehrtägigen Gedankenaustausches. »Wos haltn no Sie von der ganzn Voglgrippe-Woar? Und wo kaafn Sie Ihr Worscht ei? Beim Metzger oder im Supermarkt?« – »Do will ich nix davon hörn! Des Voglgrippnzeug is mir total zuwider. Außerdem is mir des mit der Worscht worscht, weil mir eingefleischte Vegetarier sin!« – »Sie hobn's gut! Aber ich hob neulich a Rindfleisch von an garantiertn Biostall kafft, und wos soll ich Ihnen sogn: Vier Stundn lang hob ich des Fleisch gekocht. Vier Stundn lang! Der Topf is waach wordn, des Fleisch net!«

Ein munteres Gespräch befreit von geistigen Verstopfungen. Allerdings muss es erst in Gang kommen, und nichts ist schlimmer, als wenn zwei Kommunikationskrücken nebeneinander sitzen und krampfhaft nach einer Gesprächsanknüpfung suchen. »Spieln Sie Golf?« – »Naa.« – »Ich aa net.« – »Schod!«

Andere Leute

Die Stammtischbrüder …

Am Ecktisch, in der Wirtshausstubn,
dou hockn Stammtischbrüder rum.
Sie hom's von Gott und von der Welt
und diskutiern vom teuern Geld.
Sie lachn, tenna Witz' erzähln
und immer nu a Bier bestelln.
Die Zeit gäiht rum, der Wirt wird mäid,
von denen aber kaaner gäiht.
Sie wolln's so hobn, des findn s' schäi
und hockn dort bis in der Fräih.

… und die Kaffeeschwestern

Und aa die Weiber mögn des Waafn
und hockn gern in an Café.
Sie redn net vom teiern Geld,
doch über andre, des is schee!
Grod über däi, wo heit net dou sin,
des is ja werkli intressant,
und dass die Gruberi fei an Freind hat,
des is ja echt woahr eine Schand!
»Ihr Mo merkt nix, der is ja bläid!« –
»Gutgläubig is der, wäis d'n kennst,
wäi in an Bäichla von der Pilcher,
doch alle andern wissn's längst!«
Sie redn aa von Schlankheitskuren;
sie solltn mol die Sauna bsoung
und sich massiern loun, dass wos weggäiht,
dann bstelln s' is fünfte Stückla Koung.
Und dann fällt ihna nix mehr ei,
es is alles gsagt, sie gebn an Rouh,
bis aane zahlt und glei drauf hamgäiht –
und scho is wieder a Gsprächsstoff dou.

Der Besserwisser

Es gibt komische Leit af dera Welt,
die aan hobn Charakter, die andern hobn Geld.
Die aan kräing die Worscht und die andern den Zipfl,
die aan bleibn blouß untn, die andern kumma afn Gipfl.
Die aana sin laut, die andern sin leis.
Die aan machn a Gschieß, die andern a Gscheiß.
Der aa is a Gori, der ander a ganz fade Nockn,
der aa is a Grischperla und der ander a Brockn.
Die aana sin mumpflert, die andern lustig und frouh,
und die ganz andern hockn wäi die Ölgötzn dou.
A jeder is anders, und des seit ewiger Zeit,
aber dou konn ma nix machn, su sin halt die Leit.

Und solche Leute kann man jeden Tag treffen – auf der Straße, in der U-Bahn oder im Café. Ich treffe sie meistens im Café, in das ich gerne um die Mittagszeit »a weng zum Leutetreffen« gehe. Da sitzen sie dann. Wichtige, die in zehn Minuten fünfzehnmal mit ihrem Handy händieren, Gelassene, die alles wichtig, aber nichts zu ernst nehmen. Einzelne, die zum Alleinsein Gesellschaft brauchen, und Gruppierte, die immer um die gleiche Zeit um den gleichen Tisch herum sitzen.

Und da fällt mir ein Stammtisch immer besonders auf: der Stammtisch der Ehemaligen. Ein ehemaliger Posterer, ein ehemaliger Zeitungsschreiber, ein ehemaliger Bankkassierer, ein ehemaliger Finanzbeamter, ein ehemaliger Opernhausmusiker und ein ehemaliger Versicherungsvertreter.

Und denen zuzuhören ist ein Genuss ohne Reue. Da wird fachgesimpelt, über die Politik geschimpft und die Welt verbessert. Und es wird gewaaft. Über den und den, über wer durch wen, über wer mit wem und über den und die. Am liebsten über den und die. Aber immer in voller Eintracht. Jedoch seit einiger Zeit ist diese Eintracht gestört, denn da hat sich ungeniert einer dazugesetzt, der nicht dazugehört, der aber so getan hat, als ob er er dazugehörert, und der sich seither kaltschnäuzig immer wieder dazuhockt. Einer, den alle vom Wegsehen kennen, aber nicht leiden können, was den aber überhaupt nicht juckt. Der kommt, pflanzt sich nieder und mischt sich ungefragt in jedes Gespräch ein.

Er weiß alles besser, kriegt alles billiger, kennt alles intensiver und ist weitaus erfahrener. Über was und wen man auch gerade spricht, er lauert auf jedes Stichwort. »Wäi hat der ghaßn? Rheingruber? Also, dou kenn ich aa an Rheingruber! Der is amol zu aan Clubspiel ganga, und dou is dem wos passiert!« Und dann kommt eine langatmige und -weilige Geschichte, die keinen von den Ehemaligen interessiert, aber so lange dauert, bis alle nacheinander bezahlen und gehen.

Aber das hält den Störenfried nicht ab. Der hat offenbar eine Hornhaut auf dem Gemüt, denn am nächsten Mittag ist er wieder da. »Wou woarst du in Urlaub? In Mallorca? Also, dou woar ich aa scho amol, und wäi ich dou ins Flugzeich eigstiegn bin, dou is … Also mich hobn s' neili aa amol aafghaltn, und wäi der Polizist herkumma is, nou hob ich ihm aber mei Meinung gsagt …«

Einmal haben alle ausgemacht: »Wenn der Doldi heit wiederkummt, nou redn mir erst amol goar nix und wartn, bis er vo selber wieder gäiht!«

Gesagt getan. Der Doldi kam, und alle am Tisch blieben stumm. Aber nicht er. »Ja, wos is denn mit eich lous? Eich fällt heit gwieß nix ei? Aber dou woar ich am letztn Freitoch aa wou, wou niemand am Tisch wos gsagt hat, und dou is folchendes passiert …«

Der Münchhausen hat genervt. Immer wieder. War die Rede vom Urlaub, hat er einen billigeren und schöneren erlebt. Sprachen sie von einem günstigen Einkauf, hat er noch günstiger eingekauft. Erzählten sie von erfolgreichen Kindern und putzigen Enkelkindern, waren seine noch klüger und oardlicher. Bis zum letzten Mittwoch. Da waren als erste der ehemalige Posterer und der ehemalige Zeitungsschreiber versammelt, und ersterer hat dem zweiteren aus Geburtstagsgründen einen Schnaps ausgegeben. Der Doldi ist dazugekommen und hat auch einen genassauert.

Dann kam der ehemalige Bankkassierer, hat aber auf seinen Schnaps verzichtet. »Nein, danke, um die Zeit vertrage ich noch keinen Schnaps! Aber trotzdem, alles Gute!«

Aber der Angeber hat gleich gesagt: »Dann trink ich den Schnaps für Sie!«

Auch der ehemalige Finanzbeamte, der dann eingetrudelt ist, hat abgelehnt. »Ich bin mitn Wogn dou und därf nix trinkn!«

Auch da hat sich der Neimischer wieder geopfert. »Aber ich schluck des Schnäpsla gern für Sie!«

Nacheinander sind dann der ehemalige Opernhausmusiker und der Versicherungsvertreter dazugekommen, haben die angebotenen Schnäpsla dankend abgelehnt und den Schnorrer picheln lassen. Wie er dann das letzte Stamperla gekippt gehabt hat, hat er auf einmal die Augen verdreht und ist langsam unter den Tisch gerutscht und hat sich zum Schlafen hingelegt.Der ehemalige Opernhausmusiker hat hinuntergeschaut und gemeint: »Ich trau mich wettn, dass bei dem daham unterm Tisch nu viel gemütlicher und bequemer is als wäi bei uns dou. Am bestn, mir huln etz die Sanitäter, damit s' ihn huln!«

Da hat der unter dem Tisch die Augen aufgemacht und gelallt: »Aber die Malteser! Dou is aaner dabei, den kenn ich recht gout, und der hat amol …«

Das Glückwunschschreiben

Gerade wie ich in der Fernsehzeitschrift mein Horoskop – »Sie werden heute noch einen großen Sprung nach vorne machen!« – studiert und gelesen hab, hat mir mei Angetraudl unversehens und plötzlich ihren Einkaufskorb auf die Zeitung gestellt.

»Hast etz dem Haberfritz endlich scho zum Geburtstoch gschriebn?«

»Naa! Warum sollert ich?«

»Weil sich des su ghört! Der hat dir zu dein' Geburtstoch auch gschriebn!«

»Des waß ich nimmer. Woher waßtn du des nu?«

»Weil ich mir des aufgschriebn hob, in mein' Geburtstochskalender, und dou schau ich jedn Toch nach, damit ich niemanden vergess, der Geburtstoch hat. Und am Freitoch hat der Haberfritz Geburtstoch, und darum musst du dem etz schreibn! Aber des hab ich dir scho vorgestern zum erstn Mal gsagt!«

Ich hab ein wenig unbehaglich meinen Kopf gerollt. »Muss des sei? Mit dem Haberfritz red ich kaum. Den kann ich net leidn. Der hat zuerst immer so schön getan und dann so unschön ghandelt, hat mich gschnittn und lauter unwoahre Woar erzählt, vertröst mi seit sechs Joahr, dass er seine Schuldn bei mir zohlt, und außerdem glaubt er net, dass der Club spätestens nächstes Joahr Deitscher Master wird!«

Meine Ehegesponserin hat sich auf ihren Einkaufskorbhenkel gestützt und sich zu mir heruntergebeugt. »Aber am letztn Vereinsausflug habt ihr acht Schlehengeist mitanander gsuffn!«

»Bloß unter öffentlichem Druck! Deswegn konn ich den immer nu net leidn, und wenn ich den seh, geht mir is Messer in der Taschn auf!«

Sie hat unwillig ihren Kopf geschüttelt. »Etz schreibst! Und nicht mitn PC, sondern mit der Händ! Und auch ka Kartn, sondern an zugepapptn Brief!«

Also hab ich einen Papierbogenblock geholt und meinen Kuli angesetzt. *Sehr geehrter Herr Haberfritz.*

Sie hat aufgeschnauft. »Ihr seid doch per du!«

Da habe ich darunter *Lieber Bernhard* geschrieben. »Des schaut doch blöd aus!« Ich hab den Bogen in den Papierkorb geworfen, einen neuen genommen und geschrieben: *Lieber Bernhard, zu Deinem am Freitag stattfindenden Geburtstag erlaube ich mir, Dir alles Gute auszurichten.*

Diesmal hat mei Angetraudl den Bogen zerknüllt und in den Papierkorb geworfen. »Mensch, Mo! Stell di net so o!«

Ich hab sie fragend angeschaut. »Wäi soll ich schreibn? Es soll persönlich-unverbindlich sei und doch zu nix verpflichtn. Net oschleima, läiber mehr a weng hinterfotzig-freundlich sei und doch kaum wos ausdrückn!«

»Fang numol o! Scho a weng vertraulich! Und außerdem kannst mich ruhig auch mit erwähnen!«

Ich hab einen neuen Zettel genommen und geschrieben: *Werter Freund Haberfritz, wie mit meiner Traudl abgesprochen, übersenden wir Dir zu deinem Wiegenfest die größten Wünsche.*

Sie hat mich bis dahin schreiben lassen, dann war der angefangene Geburtstagsbrief schon wieder zerknittert in der geflochtenen Kartei gelegen. »Mo! Gäih zou, mach mi net haaß!«

Ein neuer Zettel, ein neuer Versuch. Ich hab den Kuli an der ersten Zeile angesetzt und »Vielleicht passt dir des!« gesagt und geschrieben: *Lieber Berni. Zum Geburtstag alles Glück, schau nach vorne, nicht zurück.*

Mei Angetraudl hat den Kopf geschüttelt. »Wennst des schreibst, dann zahlt er seine Schuldn nie! Herrschaftsnei, fällt dir denn goar nix ei?!«

Ich hab den nächsten Bogen hingelegt und mein Haupt hin und her gewiegt. »Etz is ma wos eigfalln! Des is persönlich und doch unverbindlich, und dou konn er sich denkn, wos er mooch!« Und dann habe ich geschrieben: *Lieber Bernhard, zu Deinem Geburtstag wünschen wir Dir alles erdenklich Gute, vor allem aber wünschen wir Dir, dass dein allergrößter und intensivster Wunsch endlich in Erfüllung gehen möge!* Dann hab ich den Brief zugepappt, frankiert, bin zur Türe hinausgerannt und die Treppe hinuntergeflogen.

Und dabei hat der den Brief nu goar net ghabt! Oder woar's is Horoskop?

A Sträußla in der linkn Händ

A Sträußla in der linkn Händ
und rechts a Fläschla Wein,
so steh ich drauß vor deiner Tür
und möchert recht gern nei.

Denn du hast ja Geburtstoch heit,
und ich möcht gratuliern,
doch hob ich halt ka Händ' net frei
zum Schelln an deine Türn.

Is Fläschla in der linkn Händ
und rechts mei Strauß mit Rosn –
wos tu ich denn, wos mach ich denn?
Etz schell ich mit der Nosn!

Fortschritt

Credit card & Co.

»Wo hob ich's denn? Wo hob ich's denn? Waßt du net, wo ich's hob? Herrschaftsnei, grod hob ich's nu ghabt, und etz hob ich's nimmer! Steh halt net bloß rum, sondern helf mir suchn!«

Ich hab meine Angetraudl ziemlich verdutzt angeschaut und gefragt: »Wos hast wo net? Wennst mir sagst, wosd' suchst, dann kann ich gern mitsuchn!«

Sie hat weiter in ihrer Handtasche gekramt. »Mei Dings halt, mei, no ja, des Dings, des Kärtla dou, wo ma mit eikauft, des Scheckkärtla halt! Es is aber aa woahr! Andauernd werdn des mehr! Für alles und jedes brauchst heitzutoch a su a blöds Kärtla!«

Ich hab genickt. »Ja, frühers, dou is der Mensch aus einem Körper und einer unsterblichen Seele zammgsetzt gwesn, etz braucht er unbedingt nu a credit card dazou!«

Meine Ehegesponserin hat mir beigepflichtet. »Is des net schlimm? Wenn man vorher von einer Kartn gredt hat, dann hat ma damit a Urlaubs-, a Weihnachts- oder a Geburtstagskartn gmeint, und des warn Postkartn!«

»Stimmt! Oder ma hat mit Kartn a Landkartn, a Eintrittskartn oder a Speisekartn gmaant. Hauptsächlich aber aa a Spielkartn. Waßt scho: ›Dreeck is Trumpf!‹«

Meine Angetraudl, die ständig weitergekramt hat, hat plötzlich einen Schrei ausgestoßen. »Etz hob i's! Dou is! Dou is des klaane Mäppla, dou wou alle meine Kärtla drin sin!«

Sie hat mir alle ihre Kärtla hingehalten, und ich hab gemeint »Nou hast ja alle deine Trümpfe in der Hand! Etz kannst s' ausspieln!«

Sie hat ihre Cards wie eine Kartnschlocheri hingeblättert. »Des is furchtboar, für alles a Kärtla! Kranknkassa, Unfallversicherung, Telefoniern, Straßnbahnfoahrn, Klaaderkaafn, Alpnverein, Blutspendn, chemische Reinigung, Getränkemarkt, Fußpflege, ADAC!«

Ich hab den Kopf geschüttelt. »Und des nu in Gold, Silber, Blech und

Bronze! Dou kummst dir ja vur wäi der Cardgscheit von der Penunze! Des is ja direkt ein abgekartetes Spiel!«

Sie hat mir ihre Scheckkarte unter die Nase gerieben. »Und des da, des is die wichtigste! Ohne die kriegst heut überhaupt nichts mehr! Weil niemand mehr cash zahlt! Des geht bloß noch ritsch-ratsch, und schon sind die Euros von deinem Konto runter!«

Ich hab ein bisschen unbehaglich die Schultern gerollt. »Wenn welche drauf sind! Des Blöde is nämlich, dass du auf dei Kreditkartn bloß dann an Kredit bekommst, wennst scho a Geld hast. Denn des mit dem Kredit is genauso wie mit an Regnschirm. Den kriegt ma sofort, wenn die Sunna scheint, aber beim erstn Regntropfn musst du den wieder abgebn! So geht des! Ja, die auf der Bank sind scho schlau. Du kriegst augenblicklich an Kredit, wennst nachweisn kannst, dassd' keinen brauchst. Wenn's umkehrt is, lassn s' dich im Regn stehn wie mit dein' Schirm! Des heißt ma dann ›mit offnen Kreditkartn spieln‹!«

Mei Angetraudl hat ihr Kartnmäppla wieder einsortiert und beiläufig gemeint: »Egon, wir habn doch einen Computer, und du hockst doch die ganze Zeit davor. Könntn wir net des Dings machn, des home banking? Des hab ich neulich bei der Charlotte und beim Jochn gsehng, und sie hat mir des zeigt. Des is fei so praktisch! Da kannst alles vom PC aus machn. Da wird durch die Bank alles von der Bank überwiesn. Leasing und Lenting, Miete und Schulden, einfach alles!«

Ich hab abgewinkt. »Des machn wir doch suwieso scho. Wir lassn alles von der Bank überweisn, weil die viel mehr Geld hat wie wir!«

Sie hat aufgestampft. »Hach! Du und deine blödn Witz'! Ich mein, dann braucht ma überhaupt nicht mehr auf die Bank. Man braucht keine Formulare mehr auszufülln. Des kann man alles einfach in den Computer neitippn, und scho is die Woar erledigt!«

»Ach, gäih«, hab ich gesagt, »dann kannst von daham aus zuschaua, wie hoch sich dei Konto wieder vermindert hat. Des is echt toll! Aber des machn wir net. Der Jochn hat mir des nämlich aa scho vorgführt und mir gsagt, dass dou, weil's so einfach gäiht, die Zwietscherla mit einer unglaublichn Gschwindigkeit naushaut, und dass deswegn am Fuchzehntn jedesmol der Erste is!«

Mei Angetraudl hat »Allmächt!« gesagt und dann gefragt: »Ja, wäi kumma nou däi dou über die Rundn?«

Ich hab gegrinst. »Der Jochn hat gsagt, damit s' net verhungern, müssn s' etz zwaamol in der Wochn fastn!«

Professor Unrat und Lady Müllfort

Mit dem Dreck ist man ständig in Druck. Weil immer mehr Mist produziert und der Abfall zum Problem wird. Wouhie damit? Der Kübel is vull! Und bei der illegalen Entsorgung wird man immer so leicht erwischt. Zum Beispiel beim Mülltennis – wenn man in stuckfinsterer Nacht däi Woar über den Zaun zum Nachbarn neischmeißt und der des Glump in der nächsten stuckfinsteren Nacht postwendend wieder zurückschmeißt.

Dabei liegt unsere Zukunft im Müll. Das Müllenium hat die größte Herausforderung des neuen Jahrtausends vor uns aufgetürmt. Müll für Müll! Trennen, teilen, rückführen und recyceln zu neuen Rohstoffen, daraus neue Produkte fertigen, die dann wieder zu Müll werden. Is des net großartig? Und dieses große und hehre Ziel müssen wir mit vollem Einsatz anstreben und total darauf hinärberten!

Wir dürfen den Mülleimer nicht mehr länger als lästiges Übel betrachten, sondern müssen ihn als anerkanntes Mitglied der Familie adoptieren. Und das, was hineinkommt, muss man kennen und lieben lernen. Und, um Gottes willen, nicht mehr wie früher alles in einen Müllaamer schmeißen, von A bis Z, von Angorahemerdla und Ampullnröhrla bis Zahnpastatubn und Zehennägeln. Weil Zehennägel nämlich schon wieder Biomüll sind, und da fängt bereits die Trennung an.

Voraussetzung des Trennens aber ist, dass man seinen Müll kennt – oder besser: auseinanderkennt. Man muss mit seinem Müll auf du und du sein. Man braucht keine Ahnung mehr zu haben von Tuten und Blasen, aber umso mehr von Dosen und Tüten. Was ist beispielsweise Problemmüll? Ein alter Hustensaft oder ein Klinkenputzmittel? Oder ist beides identisch? Da fängt's an!

Deshalb genügt nicht mehr nur ein Abfalleimer unter der Spüle, nein, die umweltbewusste Müllfamilie benutzt mindestens acht verschiedene Dreeckaamer. Sie haben dafür keinen Platz in der Wohnung? Dann ersetzen Sie doch im Schlafzimmer den Wäschepuffer gegen einen gelben Sack. Schmeißen Sie Überflüssiges wie Stereoanlage, Bücherschrank und Sideboard aus dem Wohnzimmer raus, und stellen Sie dafür einen Weißglas-, Grünglas-, Braunglas- und Altmetallcontainer hinein. Das hat Vorteile. Erstens bringt man, da die Behälter farblich abgestuft sind, eine völlig neue Nuance in die Wohnraumgestaltung, und zweitens braucht man nicht mehr öffentlich am Abfallterminal zu entsorgen, wo jeder missgünstige Neidhammel, der sich sowieso um jeden Dreck kümmert, an der Anzahl der Flaschen sehen kann, wieviel ma wieder gesoffen hat.

Freilich wird das am Anfang mit etwas Gewöhnungsbedürftigkeit verbunden sein, aber man darf sich dadurch nicht abschrecken lassen. Für die Umwelt krempeln wir die Welt um! Auch wenn manche Leute leichte Startschwierigkeiten haben. Da sitzt zum Beispiel ein älteres Ehepaar beim Mittagessen, und draußen läutet es. Sie steht auf, er löffelt weiter. Sie kommt zurück und sagt ganz aufgeregt: »Vadder, die Müllabfuhr is draußn.« – Da meint er: »Soch, mir brauchn heit nix!«

Außerdem sollte man einen Aspekt nicht außer Acht lassen: Die Müllerei ist ein großer Jobbeschaffer, sie sorgt für Arbeitsplätze. Auf dem Dreck kann man ganze Karrieren aufbauen. Junge Leute, die ihre Freizeit sinnlos mit Graffitischmierereien vergeuden oder müßig stun-

denlang vor dem PC verbumfiedeln, können hier Kreativität entwickeln und haben ungeahnte Aufstiegsmöglichkeiten. Das beginnt beim einfachen Müllerer und geht in der mittleren Laufbahn bis zum diplomierten Müllberater: »Also, den Dreeck dou mäissn S' zu dem Dreeck dortn tou, weil der Dreeck dou sich mit dem Dreeck dou nebndro net verträgt, denn der Dreeck dou machert den Dreeck dortn blouß nu dreckerter! Verstenna S'?« Die höchste Stufe der Karriereleiter im abgehobenen Dienst wäre schließlich der Titel ›Professor Unrat‹ oder ›Lady Müllfort‹, und mancher könnte dann mit Stolz sagen: »Meine Zukunft ist im Eimer!«

Also, Leute, schließt den Müll ins Herz nach dem Motto: ›Frisch entsorgt ist halb recycelt.‹ Und wer sich immer noch schwer tut, der kann ja im Zweifelsfall die Hotline der Sondermüllentsorgung anrufen. Wie das ein gewissensgeplagter Gastwirt nach dem Faschingsball der Taubengoggerer getan und gefragt hat: »Muss ich etz des zammkehrte Konfetti, wo die pfundweis rumgschmissn hobn, nach Farbn sortiern?« Die Antwort steht noch aus.

Das Weh mit dem PC

Hilfe! Wer, wos oder wo bin ich denn eigentlich? Da hab ich neulich gelesen, dass der Weltrekord im Chatten gebrochen werden soll, der derzeit bei 62 Stunden liegt. Weiter hat es geheißen, dass dieser Weltrekordversuch bayernweit in zwölf Internet-Cafés verfolgt werden kann, und dass gleichzeitig 300 Chatter mitmachen können. Bevor mei Angetraudl den gleichen Artikel lesen hat können, hab ich ihn erstmal sofort versteckt und im Dictschnäry nachgschaut, was überhaupt ›chatten‹ bedeutet, damit ich, wenn sie mich fragt, was ›chatten‹ bedeutet, a weng protzn kann. Ma will ja schließlich net wäi a voller Depp doustäih, ne!

Also, *chat* is selbstverständlich englisch und sowohl ein Haupt- wie auch ein Zeitwort und ist ein Geplauder oder ein Gwaaf oder ein Gepatsch und heißt nix anderes als wie ›waafn‹, und wenn man *someone upchattn* tout, dann quatscht man den an. Und das machen die Chatter jetzt Tag und Nacht, rund um die Uhr, ohne dass dabei wos Gscheits rauskummt. So ähnlich wie bei einer Tagung oder einem Brainstorming oder im Bundestag.

Aber die unterhalten sich nicht von Mensch zu Mensch oder von Goschn zu Goschn, sondern von Computer zu Computer, von *screen to screen.* So ähnlich, wie wenn a poar nicht mehr miteinander reden, sondern sich bloß Zettel vor die Nosn haltn.

Jetzt bin ich ja werkli nicht ganz unbedarft und hab selber einen PC, und ich hab eine harte Lehrzeit absolviert, bis ich soweit woar, dass ich etz einigermaßen mit der Maus rumfachiern kann, wäi wenn's kan Tierschutzverein gebert. Aber 62 Stund lang nix anders tou als wäi chattn, das wär mir denn doch a weng zu blöd. Obwohl mich die Computerwoar scho irgendwie wahnsinnig fasziniert, und wenn ich früher ner bloß ein Rädla im Getriebe woar, dann bin ich etzert sozusagen ein echtes *bit* im *byte.* Ich hab mich aber auch mit der Betriebsanleitung durch des Vokabular gekämpft, das heutzutage zur geistigen Grundausstattung gehört, und hau mit dem *input* und *output* ner su rum, dass die *fixed points* ner su spratzln! Und wenn die *Software* nu su hart wär. Dou gibt's bei mir kein *feedback*!

Total begeistert bin ich ja auch von dem *cyberspace.* Dou bist drin, obwohl du noch draußen bist! Virtuell sozusagen, mitn Kupf samt Inhalt. Allerdings weißt hinterher nimmer, wo du etz eigentlich bist, und du bist jedesmal froh, wennst wieder daham bist.

Dabei wird des Computerzeich immer winziger. Jetzt gibt's ja *notebooks,* die so klein sind, dass sie im Portmonee Platz habn. Allerdings braucht man für die Reserveakkus einen Rucksack.

Immerhin geb ich aber scho zu, dass ich mich jedesmal mit sehr viel Misstrauen und äußerster Vorsicht vor den Kasten hinhock und immer Angst hab, dass wos passiert. So unbedarft bin ich nicht mehr, dass ich den Löschkopf für den Kommandanten der Freiwilligen Feuerwehr von Wendelstein halte, oder einen Hacker für einen Fleischküchlashersteller beim Mäck Papp, oder einen Prozessor für einen Rechtsanwalt, aber a bissala Angst hab ich scho, dass auf einmal mein Programm abstürzert.

Dann wissert ich aa nimmer, wos ich machn sollert, und müssert die *hotline* owähln. Des is su wos wie die Telefonseelsorge für die armen user.

Wie ich also nachgschaut und gwusst hab, was die Chatter drei Toch und Nächt lang machn, hab ich die Zeitungsseitn mit dem Artikel wieder auf den Tisch glegt, und eine halbe Stund später hat mei Angetraudl prompt gfragt: »Egon, wos isn ›chatten‹?« Da hab ich ihr dann erzählt, dass des nix anders is als wäi Rumwaafn per Computer, und dass das die *chat freaks* ununterbrochen machen. Da hat mei Gouterla gmeint: »Däi hobn doch a weng an Schattn!«

Keine Chance gegen Emanze

Da hat sich doch neulich in einem Biergarten ein Mannsbild getraut, der in Ehren und mit Maßen ergrauten Bedienung »Fräilein, a Halbe!« hinterherzurufen. No, der hat lang gwart! Wo doch jeder weiß, dass jedes weibliche Wesen über vierzehn Jahre kein Frailein mehr ist, selbst wenn sie es noch ist. In unserer heutigen geschlechtlich gleichberechtigten Welt ist es erste Männerpflicht, den Damen den benötigten Respekt zu erweisen, wobei sich Männer, die eine Vorgesetztin haben, natürlich leichter tun.

In meiner Anfangszeit als Moderator – damals hat man noch ›Ansager‹ gesagt – hat mir ein Kollege erklärt, dass es beim Rundfunk nur »Liebe Hörer« und keine Hörerinnen gibt. Der hat a Schneid ghabt, ich aber begrüße jedesmal auch die Volksmusikfreundinnen.

Der Kandidat bei einer Stimmensammelparty sollte sich mal erlauben, nur die verehrten Wähler und nicht die Wählerinnen willkommen zu heißen! No, der konn si am bestn glei einsargn lassn! Jeder, der in den Stadtrat will, buhlt um die Gunst der Mitbürgerinnen und Mitbürger und freut sich, dass so viele Zuhörerinnen und Zuhörer gekommen sind. Am wenigsten kommt er in wos nei, wenn er die »lieben Gäste« freundlich begrüßt, aber sollte er sich erdreisten, nur den »Herrschaften« zuzuwinken, kann er sich gleich bei der Gläubigerversammlung hinten mit anstellen.

Nur konservativ betonierte Männergehirne haben noch nicht geschnallt, dass mann heutzutage auch mit frau rechnen muss. Die Feministinnen erobern nach und nach alle bisher männlichen Domänen in der täglichen Umgangssprache, und so wird es demnach demnächst neben der Fußgänger- auch eine Fußgängerinnenzone geben, neben dem Radler- auch einen Radlerinnenweg und ergo neben der Radlermaß auch eine Radlerinnenmaß.

Aber muss sich diese Entmannung ständig ausweiten und fortsetzen? Kommt es wirklich noch soweit, dass es eine Maßkrügin geben wird? Oder eine Bleistiftin, Dachziegelin und Fussballin? Das wär doch saublöd! Verzeihung, gleichberechtigt muss es selbstverständlich eberdumm heißen.

Selbst am Stuhl des Patriarchen, am vom Lieben Gott als Familienoberhaupt eingesetzten Vater, wird gerüttelt, und wie die Rollen wirklich verteilt sind, merkt man am täglichen Sprachgebrauch. Es gibt zwar das Vaterland, aber das besteht aus der Muttererde. Man singt die Vaterlandshymne, die aber in der Muttersprache geschrieben ist. Und wenn der Papa einen besonderen Gag macht, dann hat er echten Mutterwitz!

Wie beneide ich da die Engländer und die Amis! Die haben nur einen einzigen Artikel, ob man, wife oder child, ob Singular oder Plural – alles heißt the. Und wie gut, dass es den fränkischen Dialekt gibt! An dem rennen sich die Emanzen ihre ondulierten Köpfchen ein. Da ist zum Beispiel schon im Frühstadium der Kärwabrauchinstallation die Geschlechtertrennung in Kärwaboum und Kärwamadla eingeführt worden. Und die Kärwamusikanten sind und bleiben die Kärwamusikanten, auch wenn ab und an ein paar Musikantinnen den Ton angeben.

Wie hart tun sich da die Oberbayern, die keine Kärwaboum und -madla kennen, sondern bloß Gaudiburschn. Ein Gaudidirndl ist ihnen

unbekannt, und das könnten sie auch nicht so einfach in Freudenmädchen umtaufen. Ein Glück, dass es da wie dort die Kärwa und die Maidult heißt, und dass wir Männer daran nie etwas ändern wollen und werden. Ja, in unserer homogenen Zeit könnte sogar ein Mann zur Maienkönigin erwählt werden.

Aber in unserem unvergleichlichen fränkischen Dialekt sind, Gott sei Dank, die meisten Begriffe geschlechtlich zementiert und lassen sich nicht mehr umwandeln. Da bleibt ein Pfingstochs ein Pfingstochs und wird es nie zu einer Öchsin bringen. Dafür bleibt eine Ratschn eine Ratschn. Aber trösten wir uns, es gibt nämlich daneben den Schmarrer. So wie man einen Nachtgieker und eine Neblkrouha kennt, an Madlasgockerer und a Fliedscherla, an Gänskrogn und a Houchherzige, an Lumpers und a Beißzanga. Und alle mitanander sind im Gschwärtl vereinigt.

So, etz wissta's!

Beim Frühstück

Beim Frühstück sitzn alle zwaa.
Sie schenkt den Kaffee ei,
und er schaut, so wie alle Toch,
bloß in die Zeitung nei.
Sie schimpft: »Leg doch die Zeitung weg!
Und red a weng mit mir!
Du schaust mich überhaupt nicht o,
als wär ich goar net hier!

Dich intressiert net, wäi's mir gäiht,
ob ich gsund bin oder krank!
Mach ner su weiter, dann werst sehng,
liegn meine Nervn blank!
Du merkst ja goar net, wenn ich goar
af amol gstorbn bin!« –
»Jou«, sagt er, »des merk ich dann scho,
des stännert dann dou drin!

Das sollte man sich durch den Kopf gehen lassen

Zeitweis fehlt uns die Zeit

Haben Sie noch ein bisschen Zeit? Prima! Dann lassen Sie uns doch a weng über die Zeit plaudern. Wissen Sie zum Beispiel den Unterschied zwischen Männern und Frauen? In Bezug auf die Zeit, meine ich natürlich. Also, Männer haben meistens keine Zeit, und Frauen haben kein Zeitgefühl. Meine Damen, bittschön, nicht gleich schimpfen! Sie merken schon, dass ich bis hierher geschrieben hab, ohne dass mir meine Angetraudl über die Schulter geschaut hat.

Dabei ist das gar nicht böse gemeint. Im Gegenteil. Ein Mann bringt's auf den Punkt. »Ich bin um neunzehn Uhr siebnazwanzg dou!« Oder nach fränkischer Zeitrechnung: um siebn nach vertl achta. Eine Frau interessiert es weniger, wieviel Uhr es ist, als viel mehr, wie lange etwas dauert. Bis der Kuchen aufgäiht oder bis der Vadder endlich vom Stammtisch heimfindet.

Übrigens, Stammtisch. Da liegt sie mit ihrer Zeitrechnung vollkommen im Argen, weil sie mir nämlich jeden Mittwoch, wenn ich zum alkoholgestützten Gedankenaustausch aufbreche, nachruft: »Du lässt mich die ganze Wochn allaans!«

Eine Frau interessiert auch weniger, wie genau eine Uhr geht, dafür ganz genau, wie sie aussieht. »Schäi, ne! Maanst, däi stäiht mir?« Selbst wenn die Uhr das nicht tut, ist es nicht so schlimm. Denn die Trägerin tut es ja auch, vor den meisten Schaufenstern. Und kommt dann zu spät, wenn ich mich mit ihr am Wetterhäusla vor der Lorenzkirche verabredet hab.

»Wart'st scho lang auf mich?«

Um ihr eine Zerknirschung zu ersparen, sage ich: »Ach wo, mei Gouterla, erst seit zehn Minutn!«

Da funkelt sie mich an: »Wenn ich also pünktlich gwesn wär, dann wär ich a dreiviertl Stund dou rumgstandn. Duu, dass du des waßt: Af dich wart ich nie mehr!«

Oder sie kommt mit einem entwaffnenden, strahlenden Lächeln auf mich zu und sagt: »Gell, ich bin zu bald dro?!«

Wenn aber wirklich sie mal a weng warten muss, weil ich im Stau gesteckt bin, dann steht sie immer »eine Ewigkeit scho dou und hat stundnlang wartn mäissn«. Im umgekehrten Fall dauert's »bloß nu a klaans Momentla, und scho könna mer gäih«.

Wie lange dauert eigentlich a Momentla? Oder ein Lidschlag? Wir Männer wissen es. Das kann eine ganze Seligkeit lang dauern oder eine wochenlang kunstvoll gestrickte Ausrede auslöschen. Genauso wie »bloß a Sekündla« vier lange Stunden dauern kann. »Ich soch dir's: Dou könnst an ganzn Fortsetzungsroman lesn!«

Bevor der Nürnberger Peter Henlein die Taschenuhr erfunden hat, war den Leuten die Zeit wurscht. Da hat etwas so lang dauert, wäi's halt dauert hat. Da hat die Oma noch auf ein Sofakissen ›Bloß ein Viertelstündchen‹ gestickt, und der Opa hat drei Stunden lang sein Ohr darauf gelegt. Seit dem ›Nürnbergisch Ei‹ können wir aber jetzt die Zeit mit

uns führen. Ich glaub eher, dass seit damals die Zeit uns führt, nämlich am Gängelband und an der Nase herum. Und mit der Erfindung der Unruh war's aus mit der Ruh. Seitdem muss alles schnell gehen, am besten blitzschnell. Auch das Warten, denn nicht umsonst sagt man bei uns: »Wart amol schnell!« Dabei verliert man die meiste Zeit, wenn man an Zeit sparen will.

Ein anderer Nürnberger, der Konrad Grübel, seines Zeichens Stadtflaschner und Mundartdichter, hat einmal ein Gedicht verfasst, das von einem Schlossergesellen handelt, der sich bitter darüber beklagt hat, dass das Essen nur kurze Zeit in Anspruch nimmt, die Arbeit aber ewig dauert. Und auch das Körpergewicht hängt von der Zeit ab, denn die Dünnen essen, wenn sie Hunger, aber die Dicken, wenn sie Zeit haben.

Ganz schlimm ist es geworden, wie jemand drauf gekommen ist, dass man die Uhren zum Kontrollieren verwenden kann. In erster Linie aber nicht die Zeit, sondern uns. Seither gibt es die Stechuhren, und wir arbeiten nach der Uhr. Wir essen nach der Uhr, schlafen nach der Uhr, lieben nach der Uhr und dichten nach der Uhr. »Egon! Etz is scho zwaa vorbei, und du hast noch keine Zeile gschriebn! Etz wird's aber fei Zeit!«

Wohin wir auch schauen, überall hängen und stehen Uhren, vom Bahn- bis zum Friedhof. Wie schön ist es da, wenn jemand zu uns sagt: »Gäih zou, bleib nu a bissala dou!« Am liebsten möchte man das natürlich zu der Zeit sagen.

Träume sind Schäume

Bei den meisten anständigen und normalen Menschen, also bei uns, findet das Nachtleben vorzugsweise im Bett statt, darum heißt unser Ruhelager auch Bettstatt. Da ziehen wir dann unsere innere Uhr auf, schalten ab, horchen an der Matratze, stellen die Augen auf Null, beschauen uns von innen, liegen in Morpheus Armen und fahren mit der Zeit durch die Zeit. Tagsüber müssen wir Geld ausgeben oder es erarbeiten – zumindest die Mehrheit von uns. Ausnahmen bilden die Glücklichen, die auf Rosen gebettet sind oder sich auf ihrem Lorbeer ausruhen können.

Weil aber ein gutes Gewissen ein sanftes und weiches Ruhekissen ist, schlafen wir meistens gesund, zumindest die meisten von uns. Außer wir haben am Abend davor zu fett, zu viel und zu teuer gegessen. Dann quälen uns ein Albtraum oder mehrere. Träume sind nämlich entweder beruhigend oder aufregend, paradiesisch schön oder scheußlich fürchterlich. Man kann im Traum Angst haben, auf der Flucht sein, laufen, schreien, reiten, Auto fahren und ohne Flugzeug fliegen. Bloß eines kann man nicht: lachen. Ich weiß nicht, warum, aber im Traum hab ich noch nie gelacht. Sie vielleicht? Gebn S' heit nacht amol obacht! Darum ist unser Schlaf früher auch bewacht worden, vom Nachtwächter, und der hat dann immer gesungen: »Hört, ihr Herrn, und lasst eich sagen …« Aber warum immer »ihr Herrn« und nie »ihr Frauen«? Weil die sich noch nie was sagen haben lassen!

Man sagt zwar immer ›Träume sind Schäume‹, und wie wir aus der Bibel wissen, is fei scho a weng wos dro. Denken wir bloß an den Traum vom Pharao mit den sieben fetten und den sieben mageren Kühen, den dann der Josef ökonomisch und verbraucherschutzmäßig richtig gedeutet hat. Es ist uns auch bekannt, dass die Götter früher immer mittels Träumen gewarnt, gedroht, beraten und angekündigt haben. Aber nur den Schamanen, Zauberpriestern, Druiden und Sehern. Und die haben dann geweissagt und ihr Geld sozusagen im Schlaf verdient.

Träume haben natürlich auch eine Bedeutung, und man sagt beispielsweise, dass ein geträumter Glatzkopf Konkurs bedeutet, ein Radfahrer Beförderung und ein fallender Dachziegel eine Erbschaft verspricht. Aber doch bloß, wenn der Biberschwanz der Erbtante auf den Kopf fällt.

Überwältigt vom Schlaf wird man manches Mal auch, wo man eigentlich nicht sollte, und das Aufwachen ist dann leicht peinlich. Zum Beispiel haut es mich regelmäßig im Konzert um, obwohl wir da selten hingehen. Beim letzten Klassikevent hab ich aber nichts dafür gekonnt. Hätten s' net die ›Träumerei‹ von Schumann gspielt! Im ›Walzertraum‹ vom Oscar Straus dagegen war ich hell wach.

Schön ist es, wenn man einen Traum in den Tag hinüberretten kann. Mozart soll wunderschöne Melodien geträumt und dann nach dem Aufwachen aufgeschrieben haben. Der hat sich des merkn könna! Ein anderer Komponist wacht gleich auf, wenn er Glück hat, und greift nach einem Stück Papier. Womit natürlich nicht gesagt ist, dass jeder, der nachts aufwacht und nach einem Stück Papier greift, auch ein Komponist ist. Nur den Seinen gibt's der Herr im Schlaf.

Gefährlich ist es, wenn man bei der Arbeit einen Wachtraum hat. Haut man sich dann auf den Daumen, ist man aber mit einem Schlag wieder

hellwach. Und manchmol träumt man einen richtigen Blödsinn zamm: dass man wo runterfällt und fällt und fällt, aus dem Bett. Oder dass man verfolgt wird und nicht weiß, wo man sich verstecken soll. Man träumt selten was Schönes. Helfen kann dann nur ein Traumpsychologe, wie der oben erwähnte Josef von Ägypten. Damals haben solche Leute Traumdeuter geheißen und einen Stab gehabt, heute heißen sie Analytiker und haben eine Couch.

Man kann sich natürlich auch etwas erträumen und mit offenen Augen schlafen. Nicht, wenn einem nachts immer wieder die Augen auffallen, sondern am hellichten Tag. Da hab ich meine erste Erfahrung schon in der Volksschule gesammelt. Aber jeder hat Wunschträume, kleine oder große, von Abenteuern, von schönen Frauen, vom großen Los, vom kleinen Glück oder einfach bloß, dass der Schmerz in der Bandscheibn a bissala nouchlässt.

Die Großmutter meiner Enkelkinder ist mal nach einem reichhaltigen Mittagsmahl mit offenem Mund im Sessel eingeschlafen. Da hab ich mir großen Unwillen und Missfallen zugezogen, weil ich die Kids aufgefordert hab: »Schaut amol alle her, dann könnt ihr sehng, wäi a Drachn von innen ausschaut!«

Ganz wichtig ist selbstverständlich auch, wie man sich bettet; die Schlafstellung ist wesentlich. An ihrem Pennen sollt ihr sie erkennen! Wenn einer die ganze Nacht lang stur auf einer Seite liegt, ist er friedlich von Natur, aber träge in der Liebe, sacht ma. Wenn sich dagegen einer andauernd hin und her wälzt, so schwirrt er treulos rum, wie eine Hummel. Verbiegt sich einer wie ein Fragezeichen, dann schlängelt er sich durchs Leben wie ein Aal und ist auch so glatt wie ein solcher.

Schnarcht und sägt einer die ganze Nacht lang, muss er auch im Leben schwer malochen, und wenn einer mit offenem Mund schläft, wartet er auf die gebratenen Tauben, die hineinfliegen sollen. Wenn einer sein Gesicht in die Kissen vergräbt, auf seinem Bauch liegt und sein Hinterteil zu oberst kehrt, deutet er an, was ihn die anderen können. Und nur wer gerade auf dem Rücken liegt, ist aufrichtig und gut, sacht ma.

Darum ist es schon äußerst wichtig und wesentlich, dass man vorher erkundet, wie sein zukünftiger Lebenspartner, der Mensch, der immer und ewig neben einem liegt, liegt. Und deshalb muss man, wenn man die Richtige finden will, vorher mit ihr schlafen – ich meine: neben ihr.

Gute Nacht!

Viecher sind auch Menschen

»Also, wenn du das machst, dann bist wirklich ein Rindviech, a zwaabaanads Rindviech bist nou!«

Diese prophylaktische Titulierung wird einem an den Kopf geworfen, wenn ein wohlmeinender Partner der Ansicht ist, dass man gerade dabei ist, einen Blödsinn zu machen. Abgesehen davon, dass das dann die persönliche Dummheit gewesen wäre, kann kein Rindviech etwas dafür.

Ein Rindviech schaut nämlich bloß so aus, ist aber keines, und oft sind die Viecher gescheiter als die Menschen. Der Mensch bildet sich Wunder was ein auf seinen Verstand. Zum Beispiel, dass er die doppelte Buchführung oder die Atombombe erfunden hat. Keiner Maus auf der Welt würde es aber einfallen, eine Mausefalle zu erfinden. Und Gras in Milch umzuarbeiten, das muss der Mensch der Kuh erstmal nachmachen.

A Mensch is a Mensch, und a Viech is a Viech. Manchmal wird der Mensch allerdings zum Viech, aber nie umgekehrt. Auch wenn der Mensch immer wieder von einem ›dummen Esel‹ oder einem ›schlauen Fuchs‹ redet. Eigentlich bezeichnet er damit jedesmal einen anderen Mitmenschen. »Däi is doch falsch wäi a Schlanga!« »Glabsta's, mei Chef, der is stur wäi ein Bock!«

Es gibt Leute, die sind ›stachelig wie ein Igel‹, ›stolz wie ein Pfau‹, ›langsam wie eine Schnecke‹, ›gereizt wie ein Stier‹, ›hungrig wie ein Wolf‹, ›dreckert wäi a Sau‹, ›stinkn wäi a Betz‹ und sind ›faul wäi a Hund‹. Besonders der arme Hund, der beste Freund des Menschen, wird ganz arg verkannt. Wenn ein Hund ist, wie er nicht sein soll, dann ist bloß sein Herrla daran schuld. Da liegt nämlich der Hund begraben!

Kann der Hund etwas dafür, wenn keine Sonne scheint, wenn es draußen stürmt und garstig ist? Und trotzdem ist das eine Hundekälte oder ein Hundewetter, und wenn's ganz schlimm kommt, sogar ein Sauwetter. Und der Mensch, der dann hinaus muss in Sturm und Regen, der ist dann ein armer Hund, denn einen Hund jagt man bei diesem Wetter nicht vor die Tür.

Der Mensch ist das Viech – der ›feige Hund‹, der ›freche Hund‹ und der ›falsche Hund‹. Und wenn der Hund schlecht erzogen ist und seinen Haufen dorthin macht, wo er nicht soll, dann doch bloß, weil sein Herrla ein ›fauler Hund‹ ist und ihn nicht weiter weggeführt hat. Und das ist schon ein dicker Hund. Ein Hund kann allerdings eines, das ein Mensch nie fertig bringt: Er kann sich mit der Hinterpfote am Kopf kratzen.

Geht es einem Menschen schlecht, geht er ›vor die Hunde‹. »Wäi gäiht'sn Ihrn Mo, Frau Grantinger?« – »Mein' Mo? Der führt a Hundelebn! Der kummt ham, hockt si an Tisch hie, knurrt und wart afs Essn.«

Genauso ungerecht behandelt wird übrigens auch die Katze. »Des sin doch falsche Katzn, däi wo vorn leckn und hintn kratzn!« Im Gegensatz

zum Hund, der sich dem Menschen total unterworfen hat, katzbuckelt die Katze aber nicht. Däi macht, wos mooch! Der Hans Sachs hat in seinem Schwank vom ›Kartenkrämer‹ fünf verschiedene Katzen geschildert, u.a. eine Schmeichelkatze und eine Naschkatze. Dabei ist eine Katze nie falsch; sie ist ehrlich, und vielleicht war sie deshalb den alten Ägyptern heilig.

Wenn der Mensch die Viecher nicht hätte, könnte er sich gar nicht richtig beschreiben, der ›dumme Esel‹, däi ›bläide Gons‹, der ›alte Maulaff‹! Allerdings gibt es ein großes Unterscheidungsmerkmal zwischen Mensch und Tier: Dem Viech kann man – im Gegensatz zum Menschen – bloß einmal das Fell über die Ohren ziehen.

Übrigens hab ich den anfangs erwähnten Blödsinn doch gemacht, und jetzt bin ich nicht bloß ein Rindviech, ein zwaabaanigs, sondern sogar ein Hornochs, und zwar ein krummbaaniger.

Eine haarige Geschichte

Schrecklich! Mein Friseur ist in Rente gegangen! Einfach so, zwischen zweien von meinen Haarschnitten. Wie ich wieder zu ihm hingegangen bin, was jedesmal einem Opfergang gleicht, wie mei Angetraudl etwas böswillig behauptet, war er nicht mehr da.

»Der Master is in Rentn«, hat der Bodersgsell gesagt, »und ich hob etz is Gschäft übernumma, aber ich konn Ihnen Ihre Hoar aa schneidn. Sie kumma ja scho su lang zu uns, dou kenna mir ihrn Kupf auswendig, der ghört ja sozusagn zum Nachlass!«

Trotzdem, er fehlt mir mein alter Boder. Genauso wie sein Gepatsch, wie seine uralten neusten Witze und wie sein Zuspruch. »Wechn Ihrer klaana Glatzn brauchn sie sich fei nu kaane graua Hoar wachsn lassn!« Er war einer, der sein Job-Schering verstanden hat, war sozusagen der richtige Scherholder und hat viele Frisuren von vornherein zu Scheiteln verurteilt. Ganz behaarlich.

Besonders gefragt bei seinen Kunden war seine individuelle Beratung. »Wer ka Gsicht hat«, hat er oft gemeint, »der braucht a Imädsch oder sollert sich zum mindestn a Bärtla wachsn lassn!«

Und das war von ihm absolut ehrlich gemeint, nicht nur wegen der Mehreinnahmen beim Bartscheren. »Wissn S'«, hat er mir einmal erzählt, »der Mo dou vurher, der hat vurher a Gsicht ghabt, des hat ma sofort wieder vergessn, wenn ma's amol gsehng hat. Und wäi er dann an Bart ghabt hat, hat ma wenigstns nimmer gwisst, wäi er vurher ausgschaut hat. Aber Sie brauchn su wos net. Sie hobn ja einen totaln Charakterkupf. Obwohl, also a klaans Schnörrla wär net schlecht, gell?«

Früher sind nur die gschertn Bäuerla, also die Unfreien, Leibeigenen und Fronknechte kurzgeschnitten herumgelaufen. Haare auf dem Kopf und im Gesicht waren ein Zeichen von Persönlichkeit, Bedeutung, Wichtigkeit und Würde. Und außerdem von körperlicher und geistiger Potenz und von Musikalität. Man denke nur an Samson und Sophokles, an Marx und Moses, an Beethoven und Barbarossa. Letzterer sitzt heute noch im Untersberg und wartet auf den Friseur!

Unsere unmittelbaren Vorfahren, die alten Franken, waren weltbekannt für ihren langen blonden Pferdeschwanz. Die männlichen wohlgemerkt! Und sie waren auch noch erstaunlich kultiviert. Sie trugen – so ist das glaubhaft überliefert – im Gürtel Schwert, Streitaxt und einen Kamm! Mit dem hat Carolus Magnus oder Karl der Große, der größte aller Franken, den aufmüpfigen Sachsen einen Scheitel gezogen, weshalb der Kamm für alle Zeiten im fränkischen Wappen verewigt ist. Wir heutigen Franken allerdings blasen bloß noch darauf, was aber wieder auf die Musikalität hinweist.

Mein alter Boder hat auch Perückenberatung gemacht, »weil«, wie er immer gemeint hat, »mit aner Glatzn hat ma ja blouß nu sein' Kupf und sunst nix mehr, ne!« Und ein blankes Dach bekommt man nicht nur, weil die Natur es so will. Manchem fressen die eigenen Kinder die Haare vom Kopf, oder die lieben Mitmenschen lassen kein gutes Haar an einem. Oft ist vieles zum Haarausraufen, man muss ständig Haare lassen und liegt sich andauernd mit irgendwelchen Leuten in den Haaren.

Ergo, sofern man kein Mann in den besten Haaren ist, her mit der falschen Behauptung! Jetzt hat ein Mann natürlich nur drei Tönungen: basic, grau und fleischfarben, und die neuen Locken sollen natürlich echt – oder besser: echt natürlich ausschauen. Und da gehört fachliche Beratung her. Denn schon mancher, der sich Albrecht Dürer als Lockenideal vorgestellt hat, schaut nachher aus wie Udo Lindenberg ohne Hut.

Sehr wesentlich ist außerdem der Beruf des Toupetträgers. Was treibt er? Ist er Politiker, Vorstandsvorsitzender, Oldiesänger, Bäckermeister oder Heiratsschwindler? Oder will er einfach bloß wieder einmal fragend angeschaut werden?

Man muss da scho Obacht geben, denn nicht jede Wiederaufforstung gelingt auf Anhieb. Manche bringt auch bloß die Stammtischfreunde zum Glucksen und Grinsen. »Host du dei Bodmützn nu aaf?« Peinlich ist es auch wenn neue Bekanntinnen beim zärtlichen Kopfkraulen plötzlich erschrecken. »Huch! Ja, wos is denn dees? Bistas etz du selber oder dei Großvadder?«

Wir Männer haben es nun mal nicht so leicht und einfach wie unsere verbesserten Hälften. Die können jeden Tag eine neue Frisur mit und ohne Perücke tragen, ohne dass der eigene Ehemann das merkt.

»Schau mi o! Siegst nix an mir?«

»Wos soll ichn sehng? Host wieder zougnumma?«

»Duu! Schau af mein' Kupf!«

»Ja. Woar a Sturm? Ich hob goar nix gmerkt!«

»Du merkst überhaupt nix! Ich hob a neie Frisur!«

»Wos? Doudafür hast du a Geld ausgebn!?«

Spätestens da wird er merken, dass sie auch Haare auf den Zähnen hat.

Mei bests Stückla

Schäi is ja net, besonders dann, wenn ich an Schnupfn hab,
dann is' knallrot und gschwolln und trieft und macht mi ganz malad.
Und trotzdem is' mei bestes Stück. Ich gebert s' aa nie her,
nicht amal für tausend Würscht, obwohl's mir macht Beschwer.

Sie trägt scho ewig lang mei Brilln, und ich steck s' gern wo nei,
und manchesmal rümpf' ich sie auch, wenn's stinkt nach allerlei.
Ich trog s' aa öfters himmlwärts, und des aus guten Gründn,
doch lass ich mir von niemandem gar etwas auf sie bindn.

Man nennt sie Gurkn, Rüssl, Knolln, nicht selten aa den Zinkn,
und ist sie stammtischrotwein gfärbt, meint man, sie täter blinkn.
Sie is ein Wunder der Natur, trägt vorn dro ihren Rückn,
obwohl sie gar net fliegn kann, tun sie zwei Flügl schmückn.

Beim Schnupfn is sie unerreicht, genießt die vollen Priesn,
und hat sie kräftig inhaliert, tut sie vor Freude niesn.
Ich steh zu ihr und sie zu mir, sie wird von mir begossn,
und deswegn hängt sie so an mir – mei Gimpala, mei Nosn.

Kunst

Singe, wem Gesang gegeben

Die Muse des Gesanges heißt Euterpe, und die hat mich mal in jungen Jahren geküsst. Das muss von der Dame aber ein Versehen gewesen sein, wahrscheinlich hat s' mich beißen wollen. Nichtsdestotrotz hab ich den Drang verspürt die Menschheit mit meiner Stimme zu beglücken. Um so etwas ernsthaft zu betreiben, hat man damals dann in erster Linie gute Anlagen, Fleiß und – was noch wichtiger war – einen Gesangslehrer gebraucht. Anlagen und Fleiß hab ich mir eingebildet, den Lehrer, einen Opernsänger, hab ich im Freundeskreis gefunden. Also los!

Erste Stunde, erste Anweisungen. »Pass auf! Wenn man richtig sprechen und singen will, muss man als erstes richtig atmen können! Und das Allerwichtigste ist das richtige Ausatmen. Schnauf amal ein und aus!«

Ich habe zuerst ein- und dann ausgeschnauft. Wie ein ganz normaler Mensch.

Aber er hat protestiert. »Net so! Du bist doch net beim Doktor! Du schnappst ja nach Luft wie ein Fisch, der von Nürnberg nach Fürth schwimmen will, aber an der Großweidenmühle schon schlapp macht. Ich mach dir's vor!«

Dann hat er sich in Positur gestellt und die Nüstern wie ein Pferd gebläht. Er hat die rechte Hand auf seinen Nabel gelegt und mit der linken Hand darauf gedeutet, damit ich da hinschaue. Ich hab hingeschaut. Dann hat er die Zimmerluft durch seine Nasenlöcher eingesaugt und die Augen nach unten gerollt, damit ich weiter auf seinen Nabel schau. Ich hab geschaut, und er hat geschnauft. Immer ärger und tiefer, und sein Bauch ist geschwollen und geschwollen, und sein Umfang hat zugenommen wie ein Wasserball am Brombachsee.

Bald war keine Luft mehr im Zimmer, und ich hab die Terrassentüre aufgemacht, weil er sonst die Vorhänge mit eingesogen hätte. Aber der Meister sog immer weiter, er sog und sog. Sogar wie ich draußen Luft geholt hab, weil sie im Zimmer für zwei nicht mehr gelangt hat. Es war unvorstellbar. Endlich hat er mich hereingezogen und meine Hand auf seinen Bauch gelegt, um mir zu zeigen, dass der gespannt war wie ein Trommelfell. Es war großartig und mir ganz schwummerig.

Dann hat er mit einem Knack den Mund aufgemacht und trotzdem – und das war das total Verblüffende – die Luft in sich drinnen behalten. Das war spannender als ein Tatortkrimi. Er hat den Mund wieder geschlossen und mit den ausdrucksstarken Lippen ein ganz kleines winziges ›O‹ geformt, so klein, dass er kaum einen Strohhalm damit hätte halten können, und dahinter ein ›B‹, und dann hat er die ganze viele Luft mit einem endlosen »Bfffffff« gaaanz langsam wieder in den Raum zurückgeblasen. Mindestens acht Minuten lang, und sein Bauch ist langsam wieder geschrumpfelt, und seine Hand ist sichtbar im Nabel verschwunden. Aber er hat immer noch Luft für mindestens drei Minuten

gehabt und blus und blus und blus. Es hat und hat kein Ende nehmen wollen. Er hat die Arme an die Seiten gelegt, ist leicht in die Knie gegangen, hat sich schließlich um 18 Grad nach vorn gebeugt, ein paarmal auf den Zehenspitzen gewippt und mit einem endgültigen »Bsss« noch das allerletzte Quentlein Luft aus seinem Fell gezwercht, wobei der Finalton in ›Fis‹ ganz sanft aus seinen unteren Regionen entfleucht ist. »Mach des nouch!«

Ich stellte mich gerade hin und machte nouch – oder versuchte zu machen, bis mir schwummerig wurde.

»Du musst mit dem Zwerchfell atmen, net mit der Lunge, die brauchst net! Bilde eine Tonsäule, auf der die Worte durch den Raum schweben. Dabei darfst du immer bloß so viel Luft aus dem Zwerchfell herauslassen, wie du gerade brauchst. Üb mit den Vokalen, bilde ein ›M‹, öffne den Mund zum ›U‹ und sag ein langes ›Muuu‹. Hopp, los!«

Ich sagte ein ganz langes »Muuuu«, dann ein noch längeres »Mooo«, dann ein »Maaa« und nachmittags um drei Uhr ein »Müüüü«. Und dann alles nochmal mit Klavierbegleitung immer einen halben Ton höher.

So lernte ich singen und sprechen. Heutzutage hat es ein Künstler leichter. Auch heute braucht er noch Anlagen, aber Verstärkeranlagen. Dann geht er ins Studio, setzt einen Kopfhörer auf, lässt sich die Musik einspielen und singt dazu »Hatte watte macke Kacke«, und er ist ein Fernsehstar.

Schlag auf Schlag

»Wäi is etz der bläide Witz ganga?«

»Der Witz is a so ganga: Sie hat zu ihm gsagt ›Geh nur zum Stammtisch, ich hab nichts dagegen! Aaaber: Drei Schoppen Wein, und Schlag elf Uhr gehst du heim!‹«

»Und das hat er dann verwechslt!«

»Ou wäi! Der wird ka schlechte Schlagseitn ghabt habn! No ja, vielleicht hat er a poarmol gsagt: »Bevur ich mich schlogn lass!«

Eigentlich geht es gar nicht um den blöden Witz, sondern um einzelne oder mehrere Schläge – Schläge, mit denen uns das Schicksal manchmal eindeckt. Nacken-, Fehl-, Kahl-, Rück-, Quer- und Tiefschläge. Schläge ins Kontor und ins Wasser. Niederschläge, die in diesem Fall gar nichts mit dem Wetter zu tun haben müssen. Eher vielleicht mit einem Spielbericht vom Club. »Zeitweilig Niederschläge!« Obwohl …

Zum Glück ist aber nicht jeder Schlag negativ. Es gibt auch ausgesprochen positive Schläge. Wie einen Hand-, Rat-, Vor-, Auf-, Ab- und Zuschlag. Unser Herzschlag geht sofort schneller, und unser Zungenschlag stottert, wenn uns eine hübsche Maid mit einem Lidschlag zublinzelt. Das ist dann gleich so viel wie ein Ritterschlag. Manch einer ist sogar mit einem Schlag reich geworden, den seine Erbtante getroffen hat.

Ist einer vom alten Schlag, das heißt, schlägt er nach seinen Vorvätern, dann schlägt er gut an und ist meistens gut beschlagen. Schlecht wäre es, er wäre aus der Art geschlagen. Mir hat mein Vater mit schlagenden Argumenten beigebracht, dass es besser ist, auf Worte zu hören, als auf Schläge zu warten.

Von Schicksalsschlägen berichten auch oft Schlagzeilen und Schlagworte. Die erzählen von Schaumschlägern, die Unterschlagungen begangen und über die Stränge geschlagen haben, und die Kommentare lauten dann: »Das schlägt dem Fass den Boden aus!« oder »Jetzt schlägt's aber dreizehn!« Und der unbedarfte Leser denkt sich dann: ›Etz waß ich werkli net, bin ich ghaut oder gschlogn!?‹

Gschlogn, um ihre Ansicht durchzusetzen, haben sich schon viele, manchmal mit bleibenden Blessuren.

»Soch amol, der Heiner und sei Walli hobn ja alle zwaa a jeder ein trumm Hörndla aufn Hirn. Etz hob ich immer gmaant, däi zwaa sin ein Herz und eine Seele! Wos woar denn dou lous?«

»Ja, däi hobn sozusagen eine schlagende Verbindung. Däi hobn sich ihrn Mallorcaurlaub ausn Kupf gschlogn!«

»Ja, aber er hat zwaa Hörndla am Hirn!«

»Der wollt acht Toch länger bleibn!«

Manche Schläge sind auf immer und ewig zugeordnet. Der Durchschlag zum Beispiel dem Beamten, der Stromschlag dem Elektriker, der Gongschlag dem Radiomoderator, der Glockenschlag dem Mesner und der Aufschlag, nein, nicht dem Boris Becker, sondern dem Kaufmann, um einen Verkaufsschlager zu landen.

Der Donnerschlag gehört zum Gewitter. Da hat es mal einen Schlager mit dem Titel ›Wer sich die Welt mit einem Donnerschlag erobern will ...‹ gegeben, und ich hab bis ins hohe Alter immer geglaubt, das heißt

›Wer sich die Welt an einem Donnerstag erobern will …‹ und mir immer gedacht: ›Allmächt, ist des a blöder Text!‹ Ich hätte aber nie geglaubt, dass ein Schlagersänger mit dem Schlager ›Waddehaddedudeda‹ einen Schlag landen könnte.

Aber Schlager ist ja auch ein Schlagwort, und ein deutscher Schlager, wie man sieht, die Fortsetzung der Musik mit unlauteren Mitteln. Früher hat es Kinderstars gegeben, die wie Erwachsene gesungen haben, jetzt gibt es Erwachsene, die immer kindischer singen. Wahrscheinlich aber müssen diese Texte gesungen werden, weil sie zum Sprechen zu blöd sind. Man soll es aber nicht für möglich halten, wie viele sich davon in den Bann schlage(r)n lassen.

Schade, dass diese Schlagerfertigkeit nicht zur Schlagfertigkeit wird. Mit der könnte man manchen Schlagabtausch zu seinen Gunsten entscheiden, aber leider fällt einem das, was man sagen hätte sollen, immer erst auf dem Nachhauseweg ein. So eine Spontanbeleidigung, die uns aus dem Schlagschatten gebracht hätte. So sind wir beim geistigen Fingerhakeln wieder mal in ein Schlagloch getreten und haben gemerkt, dass der eine zwar auf den Busch schlägt, aber halt der andere den Vogel fängt.

»Soch amol, is eigentlich dei Chef witzig und schlagfertig?«

»Naa, der is hitzig und mit einem Schlag fertig!«

Na ja, jetzt wissen wir wenigstens, was die Uhr geschlagen hat, dass wir uns wieder mal breitschlagen haben lassen, aber auch, dass dem Glücklichen keine Stunde schlägt. Hauptsache, das Herz schlägt immer auf dem rechten Fleck. Und des Schloch af Schloch!

Kunst ist immer was Besonderes

Außer uns normal sterblichen Menschen gibt es noch die allseits bewunderten, bejubelten und beneideten, von Illustrierten, Funk und Fernsehen bekannten Sternchen, Stars und Überpromis, die manchmal auch beneidet werden.

»Ach, host des aa gsehng im Fernsehng? Die Liza Minnelli hat zum viertn Mol gheirat. No, hoffentlich hat s' etzat endlich is wahre Glück gfundn. Ich gönnert's ihra!«

Diesen Weltstars nachzustreben ist das erklärte Ziel von unzähligen hoffenden und ehrgeizigen Künstlern, die ebenfalls gerne mit der olympischen S-Bahn direkt in das Elysium fahren möchten. So was wäre gar nicht mal so ungewöhnlich, wo doch heutzutage ständig über Nacht unbekannte Talente entdeckt werden.

»Däi hobn doch blouß Glück ghabt, sunst goar nix! Mich wenn's amol lassertn, aber mich lassn's halt net!«

Und allem Unbill zum Trotz streben die Hoffnungsvollen, mit nimmermüder Besessenheit und nie endendem Ehrgeiz, auf dieses Ziel hin und werkeln nach der Devise ›Künstler sein ist Teil der Kraft, die nix verdient und trotzdem schafft‹: »Wart ner! Nou werst scho sehng!« Aber das ist gut so, denn deswegen dreht sich die Welt.

Freilich meint so mancher, die Welt dreht sich seinetwegen, besonders wenn er beispielsweise als Geigenvirtuose beim Maiglöckchenball der Gartenkolonie ›Fuchsloch‹ seine Zuhörer – wie weiland der Paganini – zu rasendem und trampelndem Applaus mit Zwischenrufen wie »Ju, ju, ju!« oder »Wou, wou, wou!« hinreisen kann. Was bei dem vorherrschenden Nürnberger Temperament schon eine mittlere Eruption darstellt. »Mensch, der konn wos! Dou wenn ich mei bissala Geigngekratzi oschau, mächert ich mei Fiedl glei ins Eck schmeißn.« Das gibt Auftrieb und Bestätigung.

Manch anderer, dessen Streichinstrument ein Pinsel ist, versucht sich als Maler, Aquarell und/oder Öl, und verweist stolz auf eine Vernissage im Eingangsbereich des örtlichen Geldinstituts. »Däi Vernissage woar fei toll, und der Maler malt goar net amol su schlecht, blouß mit die belegtn Brötla hobn s' gscheit gspoart!«

Toll ist dann auch, wenn man die dazu Eingeladenen beobachtet, die mit plötzlich erwachtem Kunstverstand – wo sie's ner af amol herhobn! – die ausgestellten Werke begutachten und Bedeutungen heraussehen, die der Maler gar nicht hineingemalt hat.

»Dou siecht ma ganz deitlich, das des ein Mensch is, dessn Geist die Essenz des Existierenden durchdringt, wenn ich amol su sogn därf.«

»Also, dou mouss ich Ihnen fei absolut recht gebn! Des is direkt eine echte konzentrierte Aktionsflexibilität von einem erstaunlichen basisbezochenen Fundamentalismus!«

Kein Wunder, wenn dem Kritiker öfter zugeprostet wird als dem Maler.

Ein richtiger Kritiker hat mir mal den Unterschied zwischen einem Künstler und einem Maler erklärt und gesagt: »A Künstler verkauft das, was er malt, und ein Maler malt das, was er verkauft … Auf jedn Fall is für mich bloß der a echter Künstler, der ohne Radiergummi malt, und wennst mich frougst, dann hat der Picasso aa amol su ogfangt. Blouß hat kaner sei Öl su teier verkafft wäi der!«

Es gibt auch Maler wie den Brechtels Loni, die schon eine echt intensive Berufung in sich spüren, sich den ›Anstrich‹ von Kunst geben und dann gnadenlos ihre Freunde mit selbstgeschufteten Ölgemälden beglücken. Die stehen dann entweder tief ergriffen davor, oder es wird ihnen schlecht.

»Statt Blumen, als Mitbringsala sozusogn, schenk ich eich dou is letzte Bildla von mir. Viel Freid damit, gell?«

Mei Angetraudl murmelt: »Wenn's ner sei letzts Bildla wär!« und zeigt sich, auch in meinem Namen, hoch beglückt. »Also, ich bin überwältigt, und des könna mir ja fast net onehma!«

Dann hängen wir im Beisein des Künstlers, vorm Kaffeetrinkn, den zwei mal drei Meter großen, üppig blühenden Tulbmstrauß an die unschuldige weiße Wand und schlucken bei jedem Hinschauen. Kaum ist er weg, kommt auch das Bild weg.

»Wouhie damit? Wenn er wiederkummt, will er's ja wiedersehng! Du hast scho Freind! Also, wenn uns wieder jemand wos schenkn will, nou langert's fei, wenn er uns a Ständerla afn Brummtopf spielert!«

In der fränkischen Natur

Lenzerische Gefühle

Ja, soch amol, wo bleibst denn heier?
Wir wartn doch, dassd' kummst!
Dassd' endli alles bläihat machst,
dass alles pfeift und summt,
dass wieder warm die Sunna scheint.
Die Kält is uns doch leid!
Etz lass di halt net länger kratzn,
kumm, Lenz, etz werd's fei Zeit!

Und am 21. März, da marschiert er unaufhaltsam ein! Von Schneeglöckchen eingeläutet. Da wird der Winter endgültig ausgemärzt, und dann können wir mit Goethe jubeln »Vom Eise befreit sind Strom und Bäche …« Es war ein gscheiter Winter, und manche Leute sind mit uns Schlitten gefahren und haben uns aufs Glatteis geführt. Manche haben auch die Beziehungen einfrieren lassen und begegnen uns heute noch mit einer eisigen Miene. Kein Wunder, dass mancher, trotz zehn Grad plus, eine Mützn mit Ohrenschützer aufhockt und den Kupf ins Gnack zieht, anstatt einen kühlen Kopf zu bewahren.

Aber jetzt ist kein Platz für Pessimismus, jetzt kommt der neue Aufbruch, bei den Knospen am Strauch und dem Pickerla auf der Nosn! Jetzt wird alles erneuert, und am 17. März hat die Gertraud oder Gertrud ihren Namenstag, und

Gertrud tut
dem Garten gut.

Also, wer eine Rettichplantage sein eigen nennt – nei in die Gummistiefl und a weng g'ärbert im Gärtla! Besonders Sträucher und Obstbäume brauchen jetzt viel Wasser, damit der Birnengeist, das Zwetschgenwasser und der Obstler gut gedeihen. Nicht nachher im Glas verdünnen, vorher Wasser zugeben, das ist viel besser! Und wer keinen Garten hat, der werkelt drinnen. Frühjahrsputz ist angesagt, Stöberzeit und ganz großes Reinemachen. Obwohl dabei meistens bloß recht viel Staub aufgewirbelt wird und sonst nix.

Darum gehen wir wieder nach draußen, drin hält uns sowieso nix mehr. Wieder naus in die Natur, den Blick, den Kragen und den Mund offen, besonders den Mund. Und dann die frische Luft tief einschnaufen. Aber ›endlich wieder naus in die frische Luft‹, denken sich auch die Moped-, Motorrad- und Cabrioletfahrer, wodurch das tiefe Luftholen leider a bissala beeinträchtigt wird.

Allem Unbill zum Trotz lassen wir uns die Freude am Lenz aber keineswegs verdrießen. Jetzt, wenn

seit Kunigund
die Wärm von unt'

kummt und der Regen immer wärmer wird. Jetzt, wenn der Frühling sein berühmtes blaues Band durch die Lüfte flattern lässt, uns sein Ahnen durchzieht und uns sein Rauschen erfüllt, das sich dann aber als hartnäckiger Tinnitus outet.

Aber irgendwoher kommt eine wundervolle neue Energie und Vitalität, mit einem Schuss Übermut. Wer hätt etz des denkt?! Und das lässt uns hoffen. »Also, hach, ich fühl mich viel wohler, und mir gäiht's viel besser! A mei Hirn is nimmer su eigrost. Ich erinner mich zwoar nimmer an des, wos ich vergessn hob, aber ich waß wieder, dass ich wos vergessn hob, und des is doch scho ein Fortschritt!«

Wenn derzeit vom Dachfirst ein fröhlicher Triller durch die Luft zittert, denken wir gleich an das schöne Kinderlied von den Vögeln, die schon alle da sind:

Amsel, Drossel, Fink und Star
und die ganze Vogelschar,

obwohl die bei der derzeitigen Vogelgrippe lieber nicht landen sollten.

Natürlich ist der Lenz auch ein unerschöpfliches Thema für die Reimer und Dichter, und wenn wir zum Beispiel auf den Spuren der Pegnitzschäfer wandeln, die im 17. Jahrhundert im Kraftshofer Irrhain gedichtelt haben, erfasst uns schon ein gewisser Schauer. Da heißt es nämlich u.a.:

Im Lenzen,
da glänzen
die blumigen Auen,
die Nymphen
in Sümpfen
ihr Antlitz beschauen.
...
Es schmilzet der Schnee,
man segelt zur See
(Brombach oder Altmühl?)
und bricht güldenen Klee.

Also, ich tät etz da a weng anders reimen, a weng direkter:

Der Frühling gibt si su a Mäih!
Zuerst, dou macht er alles gräi,
dann stäiht däi Woar in vuller Bläih,
der Spargl zäicht in seiner Bräih,
die Vögl zwitschern in der Häih
und fanga oh scho in der Fräih.
Des is doch mehr als wäi okäy!
Etz soch ner blouß, is des net schäi?

Auf jeden Fall ist jeder voller Erwartung, und mei Angetraudl hat's aa gsagt: »Es gäiht nauswärts! Die Palmkätzla kumma raus, die Luft räicht gout, und du kräigst bald dei Grippe. Ich frei mi scho!«

Ge(h)danken übers Laufen

»Gäih, lass di net su gäih«, hat mei Angetraudl zu mir gesagt und gemeint, dass ich gehen soll, an die Luft oder an die Arbeit. Blöder Spruch!

Oft wird man bei einer Bege(h)gnung auch gefragt: »Wie geht's?« Und wenn man dann »Es geht!« sagt, kommt die Antwort: »Dann geht's ja!«

Ein anderer tiefschürfender fränkischer Spruch lautet: »Wenn ner a weng wos gäiht, nou gäiht's ja!« Oder: »Alles gäiht, bloß die Frösch hupfn!«, und der erinnert mich daran, dass auch die Frösch, die kleinen Pampers tragenden, das Hupfn oder vielmehr das Gehen lernen müssen. Da geht die Mama rückwärts voraus, hält den klaana Quack an beiden ausgestreckten Armen und kommandiert: »So, und etz kommt des linke Fußala! Und etz wieder des andere Fußala! Und etz wieder des rechte Fußala! Und etz wieder … Schee geht des!« Und das geht dann so lange, bis es geht, das Kind. Und wenn es dann richtig gehen kann, läuft es davon.

Manche machen aus dem Gehen auch einen Sport. Die sogenannten Geher, die aber ausgesprochen komisch gehen – so, als hätten sie eine doppelseitige missglückte Hüftoperation hinter sich. Hier sieht das Gehen aber ebenfalls mehr wie Laufen aus und erinnert an den genialen Sketch »Wo laufen sie denn?« von Wilhelm Bendow bzw. in Loriots Zeichentrickadaption.

Es geht aber nicht nur alles, was zwei Beine hat; manches, das keine Gehwerkzeuge hat, geht auch. Zum Beispiel in die Binsen, zu Bruch, auf den Leim, ins Garn, ins Netz, in die Falle, zum Teufel, über die Hutschnur, auf die Nieren, an die Decke, scharf ins Zeug, um die Wurst und über die Hutschnur. Oder einem anderen um den Bart, krumme Wege, vor die Hunde, bis zum Hals, durch die Lappen, auf keine Kuhhaut, durchs Feuer, leicht von der Hand, den Weg allen Fleisches und gegen den, manchmal auch auf dem Strich. Wozu allerdings wieder Beine gebraucht werden. Aber su gänger die Gäng.

Es gibt Sachen, die gehen überhaupt nicht und kommen trotzdem überallhin: die Autobahn zum Beispiel, oder Musik. Diese geht in die Ohren, ins Herz, in die Beine und auf die Nerven. Vor allem aber nicht mehr aus dem Kopf. Dann geht sie ein, in die Hitlisten. So wie vor vielen, vielen Jahren die Schlager ›Geh, mach dei Fensterl auf!‹ und ›Wir wollen niemals auseinandergehen‹.

Was auch ewig geht, sind die Uhren, besonders die sündhaft teuren, die mit dem antiken Preisschild und dem Perpendikel. Da kann man zuschauen, wie mit jedem Tick eine Sekunde abtropft und mit jedem Tack die nächste. Und wenn die Stunde schlägt, ist wieder an Haufn Zeit vergangen.

Dabei fällt mir die blöde Gschicht von dem Mo mit seinem Hund ein, den ein Bekannter fragt: »Ja, sers Heiner, wou gäihst denn du mit dein Hund hie?«

Der Heiner sagt: »Ich gäih mit mein' Hund in die Stadt zum Uhrmacher.«

»Zum Uhrmacher? In die Stadt? Mit dein' Hund? Warum?«

Da sagt der Hundehalter »Weil er immer stäihbleibt!«

Oder kennen Sie die andere dumme Geschichte, wo einer seinen Freund fragt: »Wäi gäihtn nou dei neis Auto?«

Berichtigt der: »Mein neues Auto geht nicht, das fährt!«

»Also, gut! Wäi fährtn nou die neis Auto?«

»Es geht …«

Mei Angetraudl ist auch in die Stadt gegangen, und ich hab wissen wollen: »Wo gäihstn du hie?«

Da hat sie gesagt: »Ich hob in letzter Zeit su zougnumma und gäih in kan Ruuck mehr nei. Und des gäiht net su weiter. Drum gäih ich etz amol in a Reformhaus und schau, wos dou für a Woar gibt, wou mer mit abnehma tout. Und dann mach ich in nächster Zeit a weng a Schlankheitskur! Verstäihst?!«

Da hab ich gesagt »Du wennst mir net gäihst! Des brauchst doch du net!« Aber weil ich meiner Angetraudl am Traualtar versprochen hab, dass ich mit ihr durch dick und dünn gehe, gehe ich halt da auch mit. Denn darum geht's ja.

Wenn die Sonn vom Himmel brennt

Ich lieg im Gros, die Luft is warm,
die Sunna sticht, a Schnouknschwarm
macht leise ›ssst‹. Ich mooch nix tou,
mir fehlt a jede Kraft derzou.
Die Hitz, däi drückt und schmeißt mich um.
Wos steigt, is bloß mei Bierkonsum.

So heißt es in dem Lebenswerk eines bekannten fränkischen Dichters, und genau so fühlt man sich derzeit in unseren Landen. Es is einfach schäi, bei hochsommerlichen Temperaturen irgendwo in der Nähe eines fränkischen Gewässers auf dem Busen der Natur zu liegen, unsäglich faul in die Wolken zu träumen und den alten Herrn, der darüber thront, einen guten Mann sein zu lassen. Sich in der Sonne aalen und braten und wichtige Termine einfach verschwitzen. Hach, ja!

Leider geht das nicht so einfach, weil gleich eine besorgte Stimme sagt: »Host dich eigentlich eikremt? Du mousst dich doch eikrema! Sunst host glei wieder an Sunnabrand! Nou werst knallrout, nou gäiht dir die Haut ab, und nou schaust wieder aus wäi zuvur. Des host nou dervor! Hopp! Krem di ei! Dou nebndro liegt die Sunnakrem, Sonnenschutzfaktor 36. Des brauchst du, weil die UV-Strahln furchtboar gefährlich sin!«

Man winkt ab. »Des is doch bloß a Gerücht von die Dermatologn! Und su lang bleib ich goar net liegn!«

Doch meine Ruh ist hin, und ihr Herz ist schwer, und sie maant's ja doch blouß gout, also rappelt man sich hoch und vollzieht die Ganzkörperbeschichtung. Man verrenkt sich. »Dou hintn kumm i mitn Arm nimmer hie. Mogst amol du, bittschön!«

»Gäih her! Und buck di a weng nunter! Allmächt! Du kräigst ja an ganz routn Kupf! Knäi di läiber hie!«

Man kniet sich hin wie zum Ritterschlag, wird gesalbt und dann aufgefordert: »So, und etz konnst glei mich aa eikrema!«

Dann verrichtet man den nämlichen Liebesdienst, und so vergeht ein schöner Teil des sonnigen Tages.

Dann wird man aufgefordert: »Bevorst dich wieder hiepflanzt wäi a prellter Frusch, könnst doch dou vorn an dem Kiosk a Eis huln, mogst net?«

Man lässt sich a Geld geben und läuft auf dem überfüllten Rad- und Fußweg in die Richtung, wo von weitem schon eine riesengroße Plastikeistüte winkt. Auf dem Weg ist man unzähligen Radfahren, Hunden und Kindern im Weg. Man wird gestoßen und geschubst, von Fußbällen angeschossen, von Inline-Skatern gestreift und von Joggern umgerannt. Einer der Renner, scho a weng mit an Bäuchla und aaner Glatzn, rennt wie a Junga, aber seine Jugend holt er, trotz aller Anstrengung, nicht mehr ein.

Dann kommt ein rotgesichtiger schnaufender Radfahrer angetrampelt. Man springt auf die linke Seite, der Radfahrer fährt nach links, man hupft auf die rechte Seite, der Radler fährt nach rechts. Da schreit der Radfahrer in Panik: »Bleib doch stäih, du Depp!« Man bleibt erstarrt stehen, dann fährt er einen über den Haufen.

Auf dem Rückweg läuft man, um das Eis nicht zu gefährden, am Strand entlang zurück. Dabei steigt man über eingeölte Leiber, weicht Beachballspielern aus und kommt an Kindern vorbei, die selbstvergessen im Sand spielen und sich in vier Sprachen, obwohl sie einander nicht verstehen, problemlos unterhalten. In fränkisch, schwäbisch, sächsisch und türkisch.

Dann schaut man der Wasserwacht zu, die an einem Ersoffenen übt.

»Also, merkt eich des«, doziert der Übungsleiter, »als erstes muss der Dersuffene ausn Wasser, und dann muss des Wasser aus dem Dersuffenen! Aber des Wasser, wou der gschluckt hat, des schadt dem goar nix, denn mir hobn dou in unserm See eine hervorragende Wasserqualität. Dou konn goar nix passiern. Dou könnt ihr ohne Bedenkn an Schluck nehma!«

Da schluckt der Dersoffene: »Danke, für mich heut nix mehr!«

Und dabei soll es Leute geben, die seit ihrer Taufe ihr Leben lang nicht mehr mit Wasser in Berührung gekommen sind, und die nur die Schaumkrone am Maßkrug interessant finden. Unglaublich! Andere sind mit allen Wassern gewaschen, manche gehen ohne Wasser baden, wieder andere, Politiker zum Beispiel, suchen das Bad in der Menge. Sie müssen bloß obacht geben, dass sie dabei nicht weggespült werden.

Plötzlich wird man gestupst, und jemand sagt: »Sie, Mo, Ihr Waffl tropft!«

Man erschrickt und rennt zu seiner Angetraudl. »Etz wär mir bal is Eis zerloffn, su haaß is!« Dann hockt man sich hin, schleckt und schaut auf den See, wo Surfer und Segler im Gegenlicht vorbeigleiten. Schäi is!

Auf einmal rumpelt man hoch, reibt sich seinen Hintern und schimpft. »Allmächt! Dou sin lauter Omassn! Etz brenna mich meine vier Buchstabn wäi is ganze Alphabet mitanander! Etz langt's ma längstns! Gemma ham!«

Und so geht wieder ein schöner Tag zu Ende.

Der Anfang woar leicht

Der Anfang woar leicht, doch is Aufhörn is schwer.
Grod woarst schäi im Schuss, dou kummt wos derquer.
Du möcherst so viel noch schreibn und berichtn
und wisserst bestimmt noch etliche Gschichtn.
Af aamol liegt vor dir des allerletzt Blatt.
»Is des etz schnell ganga! Etz bin i fei platt!«
So ähnlich kann's dir in deim Lebn fei aa gäih.
Aber mach dir nix draus! Sei frouh, es woar schäi!
Drum, hast du aa oftmals des End schnell erreicht,
fang immer wieder von vorn o, denn der Anfang is leicht!

Egon Helmhagen,
Franke von Geburt und aus Überzeugung, ist durch seine Funk- und Fernsehsendungen im Bayerischen Rundfunk und Buchveröffentlichen seinen Franken bestens bekannt. Seine Sendungen auf Bayern 1 mit dem Markenzeichen ›FFP – Fränkischer Funkplauderer Egon Helmhagen‹ erfreuen sich großer Beliebtheit. Sein Leben lang hat er dem Volk aufs Maul geschaut und in über 25 Jahren jeden Samstag eine Glosse in der Nürnberger Zeitung verfasst. Eine Auswahl seiner besten Geschichten und Anekdoten ist hier in einem ersten Band zusammengefasst.

Andreas Floris
zeichnete zu den einzelnen Texten die Karikaturen, die die Inhalte auf künstlerische Weise wiedergeben. Floris studierte in Nürnberg Kunst und Graphik-Design und ist als Illustrator und Karikaturist sowie als Dozent für Kunsterziehung in Erlangen tätig. Neben mehreren eigenen Buchveröffentlichungen erscheinen seine Zeichnungen in verschiedenen Tageszeitungen wie u. a. in den Nürnberger Nachrichten oder im Münchner Merkur.